心仪已久的经典，永不落架的好书！

作者简介

玛丽娅·帕尔，"80后"，挪威目前大受欢迎的儿童文学作家之一，被誉为"新世纪的林格伦"。2009年凭借《云母谷的童妮娅》获得挪威伯瑞格文学奖和评论家协会最佳童书奖，并被提名挪威教育部文化奖和书商奖。其作品被德国、法国、俄罗斯、丹麦、瑞典、比利时、中国等多个国家引进出版。

译者简介

李菁菁，毕业于北京外国语大学，多年专注于北欧文学。2009年赴挪威奥斯陆大学深造，熟悉挪威多种方言。曾参与过国家汉办的挪威语报道文章与《汉语图解词典（挪威语版）》的校对，及挪威文学对外推广基金会（NORLA）的口译、笔译工作等。

云母谷的童妮娅

[挪威] 玛丽娅·帕尔 / 著

李菁菁 / 译

CMS 湖南少年儿童出版社
HUNAN JUVENILE & CHILDREN'S PUBLISHING HOUSE

·长沙·

生命需要力量、美丽与灯火

今日世界已进入网络时代，网络时代的新媒体文化——互联网、电子邮件、博客、播客、视频、网络游戏、数码照片等，虽然为人们获取知识提供了更多的选择和方便，但阅读依然显得重要。时光雕刻经典，阅读塑造人生。阅读虽不能改变人生的长度，但可以拓宽人生的宽度，尤其是经典文学的阅读。

人们需要文学，如同在生存中需要新鲜的空气和清澈的甘泉。我们相信文学的力量与美丽，如同我们相信头顶的星空与心中的道德。德国当代哲学家海德格尔这样描述文学的魅力：文学是这样一种景观，它在大地与天空之间创造了崭新的诗意的世界，创造了诗意生存的生命。中国文学家鲁迅对文学的理解更为透彻，他用了一个形象的比喻：文学是国民精神前进的灯火。是的，文学正是给我们生命以力量和美丽的瑰宝，是永远照耀我们精神领空的灯火。我们为什么需要文学？根本原因就在于我们需要力量、美丽与灯火，在于人类的本真生存方式总是要寻求诗意的栖居。

《全球儿童文学典藏书系》（以下简称《典藏书系》）正是守望我们精神生命诗意栖居的绿洲与灯火。《典藏书系》邀请了国际儿童文学界顶级专家学者，以及国际儿童读物联盟（IBBY）等组织的负责人，共同来选择、推荐、鉴别世界各地的一流儿童文学精品；同时又由国内资深翻译们，共同来翻译、鉴赏、导读世界各地的一流儿童文学力作。

我们试图以有别于其他外国儿童文学译介丛书的新格局、新品质、新体例，为广大少年儿童和读者朋友提供一个走进世界儿童文学经典的全新视野。

根据新世纪全球儿童文学的发展走向与阅读趋势，《典藏书系》首先关注那些获得过国际性儿童文学大奖的作品，这包括国际安徒生奖、纽伯瑞奖、卡耐基奖等。国际大奖是一个重要的评价尺度，是界定作品质量的一种跨文化国际认同。同时，《典藏书系》也将目光对准时代性、先锋性、可读性很强的"现代经典"。当然，《典藏书系》自然也将收入那些历久弥新的传统经典。我们希望，通过国际大奖、现代经典、传统经典的有机整合，真正呈现出一个具有经典性、丰富性、包容性、时代性的全球儿童文学大格局、大视野，在充分享受包括小说、童话、诗歌、散文、幻想文学等不同体裁，博爱、成长、自然、幻想等不同艺术母题，古典主义、浪漫主义、自然主义、现实主义、现代主义和后现代主义等不同流派，英语、法语、德语、俄语、日语等不同语种译本的深度阅读体验中，寻找到契合本心的诗意栖居，实现与世界儿童文学大师们跨越时空的心灵际会，鼓舞精神生命昂立向上。在这个意义上，提供经典、解析经典、建立自己的经典体系是我们最大的愿景。

童心总是相通的，儿童文学是真正意义上的世界性文学。儿童文学的终极目标在于为人类打下良好的人性基础。文学的力量与美丽是滋润亿万少年儿童精神生命的甘露，是导引人性向善、生命向上的灯火。愿这套集中了全球儿童文学大师们的智慧和心血，集中了把最美的东西奉献给下一代的人类美好愿景的书系，带给亿万少年儿童和读者朋友阅读的乐趣、情趣与理趣，愿你们的青春和生命更加美丽，更有力量。

《全球儿童文学典藏书系》顾问委员会

本书是挪威新锐女作家玛丽娅·帕尔的第二部儿童小说，获得了挪威多项重要的文学奖项——伯瑞格文学奖（The Brage Prize）、评论家协会奖（The Critics' Award）等。她以清新自然的语言，讲述着温暖的故事，故事发生的背景则充满了童话的意境：

冬天的云母谷，纯净又神秘。单纯、勇敢的"云母谷的小雷神"童妮娅是谷里唯一的小孩，也是谷里有史以来胆子最大的孩子，9岁的她可是在滑雪板上长大的。速度和自信是她的格言，尤其是在她踩着滑雪板或坐着雪橇冲下山坡的时候。

童妮娅最好的朋友叫古恩瓦尔德，他已经70多岁了，是一个脾气古怪的小提琴手。他们无话不说、

1

从无隐瞒。可是，真的是这样吗？当古恩瓦尔德骨折住院后，居然有个自称是他女儿的奇怪女人出现了，而且她还说要把农场卖掉！童妮娅的世界突然就和原来完全不一样了，她必须迅速行动，以阻止哈根先生得到农场，并让这个"女儿"和古恩瓦尔德好好谈一谈，尽管自己和这个老朋友还有一笔账要算，他居然隐藏了这么大一个秘密！

作家玛丽娅·帕尔毫不吝啬地表露自己对生活和人生的态度和思考，展现出在亲情、友情、成长、自由以及人生选择等各种命题上，儿童与成人完全不同的视角与理解，这些不同无关对错，共同拼凑成生命的真实，而将它们真诚地表达出来，才能让成人和儿童找到相互了解、相互包容的途径。也正因为如此，才使得云母谷成为一个令人向往的、充满了生命力和吸引力的地方，使得《云母谷的童妮娅》成为一部如此受欢迎的作品，让人想起斯比丽的《海蒂》和林格伦的《强盗的女儿》。欢笑、泪水、戏剧性和音乐，都汇聚在这一本书中。

致读者的一封信

当你走下停靠在码头边的轮船时，会有一阵来自山谷里的风迎面吹来。特别是在晴朗的冬日里，你能立刻辨认出这股风。请闭上你的双眼：你会在风中闻到松树的味道，还有云杉的味道。然后请迈开步伐，向前走吧。

请沿着你脚下的这条路一直向前走，经过一间破旧的小卖部，一家商店和泰奥开的美发店，一直向前，然后沿着河边走。

一开始，路还比较好走，很平。在一台挖掘机旁有几栋房子，其中一栋里面住着彼得和他的妈妈。

再往前走，雪地和树林变得越来越多，房子越来越少。道路也变得只有之前的一半宽，而且更加不好走了。这时，你心里很有可能开始变得七上八下，要是你以前没有来过这里，你或许会疑心自己走错路了。但是，亲爱的朋友，你没有走错路。正当你这么想着的时候，你会马上看见一块牌子，牌子上写着"云母谷"。你立马就明白了你走的是对的。

你走过牌子后，第一眼看到的是一片露营地。之后立刻就会听到有人说："你可千万不要试图走进这片露营地。"如果你还是走了进去，那就别说别人没有警告过你。克劳斯·哈根是这个"哈根健康营地"的所有者，他的脾气实在是太不好了，真应该把他扔到水里让他好好清醒一下。他一点儿幽默感都没有，而且他非常不喜欢小孩子，特别是那种会弄出很大声响的孩子。如果他们用弹弓把营地里旅社的窗户玻璃给打碎了，即便不是故意的，他也会把他们看作是十恶不赦的大坏蛋（不过说实在的，其实那个用弹弓把营地旅社窗户玻璃打碎的孩子对克劳斯·哈根也没有什么好印象。她晚上躺在床上，睡不着，一直琢磨着要再去打碎一个窗户玻璃），所以说如果你是个聪明人，还是绕过哈根健康营地吧！

走过哈根健康营地之后你会进入一片森林，

那里厚厚的积雪把树枝压得低到几乎能够碰到你的头。一些人称这里为"神话森林"。萨丽家的绿色房子就在这个森林的边上，不过其实这里没有什么可以称得上是"神话"的。你可以从一扇外边放着盆栽的窗子里看到萨丽总是忙忙碌碌的身影。你确信萨丽也看到了你。你知道，萨丽什么都能看到。即使你就像一只穿着冬天的迷彩服的小老鼠那样，蹑手蹑脚地走过这栋绿色的房子，不弄出一点儿声响，萨丽也一定会看到你。而且她中午的时候也不睡午觉。

等你走过萨丽的家，你就终于来到云母谷河的桥上了。如果你走过这座桥，并一直向前走上一座小山坡，向右拐，你就到了古恩瓦尔德的农庄。如果你没有这么走，而是走上小山坡后向左拐，那么你就到了童妮娅家的农庄。再向前走，山下就没有什么农庄了。

现在你正身处云母谷。欢迎你的到来！

瓦德峰

云母角峰

纳肯峰

小锤崖

瀑布

古恩瓦尔德的
云杉种植地

云母谷的夏季牧草场

瞭望台

小桥

谷仓

古恩瓦尔德
的农庄

小桥

云母谷河

童妮娅家的农庄

萨丽家

神话森林

斯杜尔峰

云母谷河

哈根健康营地

彼得和他妈妈的家

美发店

住宅

小卖部

码头

商店

树皮湾 11 千米
城　区 63 千米

第1章

跳雪的童妮娅

二月的云母谷，一个寒冷的午后，一切都是那么地寂静。河水不再咆哮了，因为它现在待在冰层下面。鸟儿也不再叽叽喳喳地叫了，因为它们都飞到南方过冬去了。人们也听不到绵羊咩咩的叫声了，因为它们都躲进牲口棚里去了。天地间只有皑皑的白雪、墨色的云杉和巨大而又沉默的高山。

但是，就在这个寂静的冬日里，有一个小黑点马上就要弄出点儿声响来了。这个黑色的小点儿位于一条长长的、相当曲折的雪道尽头，就在远处瓦德峰的山脚。这个黑点就是童妮娅·格里姆达尔。她的爸爸是个农夫，现在和她一起生活在云母谷；她的妈妈是海洋学家，常年外出，在海上进行研究。童妮娅有一头狮子般的红鬈发，等到复活节的时候，她就满10岁了。她想要庆祝一下，所以就跑到山里面来闹一闹。

有一个名叫克劳斯·哈根的人住在山下的营地里。他不喜欢小孩子，不过话说回来，他的生活应该过得挺不错的。因为整个云母谷里就住着一个小孩，就只有一个小孩——那么克劳斯·哈根应该能够容忍一下。但是，他就是做不到。童妮娅·格里姆达尔恰好就是这么一个让他无论如何都忍受不了的小孩儿。因为童妮娅的某些行为，让一些到克劳斯的营地来度假的游客觉得：他们拜访的其实是童妮娅的山谷，他们也不应该常来"哈根健康营地"度假。不过幸运的是，"云母谷的小雷神"——童妮娅，还挺欢迎他们来这里游玩的。

每到冬天，童妮娅的滑雪板和脚步的印记，就会弯弯曲曲地布满整个云母谷的雪地。

每当有人来拜访童妮娅的爸爸西古尔的时候，他们总会问他每天是怎么管教童妮娅的，他就会回答说："我早上把她赶到外面，盼着她晚上再回来。"

"云母谷的小雷神"——人们都这么称呼她。

寒假前的最后一个星期五，学校里的学生们都放假了。现在是正午时分，童妮娅移动了一下身体，这样就能让滑雪板的头正对着小锤崖（一处跳雪的地方）了。

一路向小锤崖的滑雪道都很平滑，而且实在是太平滑了，以至于童妮娅必须像她的爱尔姑妈和伊顿姑妈那样绷紧了身子站着。她们复活节回家的时候都会这么做。她们从这里的高处开始，全速滑向山下，身后飞溅起的雪花就像是一束束满天星一样。她们以小锤崖的边界作为起跳点，跳得有天空那么高。爱尔姑妈甚至还会在空中翻筋斗。

爱尔姑妈常说："人的一生，需要练习两件事——速度和自信。"

童妮娅觉得爱尔姑妈说得很对。姑妈们都去首都奥斯陆学习的时候，她就带着"速度和自信"，

自己进行各种各样的练习。

　　不过还有一件事情是必须提的，那就是如果没有古恩瓦尔德坐在他的厨房里，透过厨房的玻璃窗看着童妮娅，她也不会进行这么多次的"菜鸟"跳雪练习了。首先，因为外面实在是太冷了，如果没有人在一旁观看的话，在这么冷的天气里跳雪一点意思也没有；其次，万一她落地后没能站起来的话，比如说受伤了，还能有个人帮她打电话叫救护车来。其实古恩瓦尔德住在离瓦德峰山脚下很远的地方，但是他有一个特别好的大望远镜。现在童妮娅正在向他挥舞着双臂打招呼，他看得非常清楚。

　　之后，就是云母谷宁静的终结了。

　　童妮娅高声唱着："小提琴手佩尔只有一头牛！"同时飞身冲下山坡。

　　当一个人滑雪的时候，大声地歌唱是很重要的。童妮娅每次从小锤崖上飞身跃起的时候，她都会高声地歌唱，声音高到引发了云母角峰的一些小雪崩。

"小提琴手佩尔只有一头牛牛牛牛牛——！"

她把身体弯起来，双手向前伸，压低脑袋，这样子可以减小空气的阻力。

"他用牛牛牛牛牛牛牛牛——换回了小提琴！"

小锤崖的崖边离她越来越近了，看着好像变得越来越大。童妮娅知道现在她一定要大声地歌唱，这样她以后才不会痛苦地后悔，后悔今天错过了机会。

"他用牛换回了小提琴！"

她高声地唱着，歌声在云母谷的山间回荡。

啊，速度真是快得惊人！啊，小锤崖离她越来越近，马上要落到地面上的恐惧感也在不断增加。她就是做不到。她永远、永远、永远都做不到。现在她已经快要到达崖边了。现在她开始腾空了，一直向上飞起。童妮娅闭上双眼。崖边就在那里。她

感到胃里有一种痒痒的感觉，双腿有些刺痛。

"你这把美丽的旧提琴琴琴琴琴琴琴琴琴琴琴琴琴琴琴琴琴琴——！"

童妮娅在空中滑翔。她从来没有在空中飞行时唱过这么多的《小提琴手佩尔之歌》。我真的唱完了几乎全部的副歌部分，童妮娅这么想着。如果她能够像爱尔姑妈那样翻个筋斗，她就可以取得三连胜了。

童妮娅在空中的时候想：但是很可惜，我现在还翻不了筋斗。不过，她转念又一想：或者其实我已经能够做到了。因为她注意到，她的头处于她的双腿应该在的位置上，而她的双腿是在她的头应该在的位置上。

接着，在那令人惊叹的一跳之后，童妮娅像一个放了太多奶油的、裹在海绵蛋糕里的果冻宝宝，结结实实地砸在地面上。她觉得又冷又疼，躺在地上，不知道自己是生还是死。古恩瓦尔德现在一定也坐在厨房里面想这个问题。童妮娅静静地躺在那里，直到她再次感觉到自己的心跳。她轻轻地晃了晃脑袋，好像这样子就可以让她的大脑恢复正常。

她吃惊地想着：刚刚我是不是翻了一个筋斗？那是真的吗？

第2章

古恩瓦尔德和童妮娅谈论过去

古恩瓦尔德住在一栋非常巨大的房子里，有个牲口棚，养着绵羊，就像云母谷的其他人一样，但是古恩瓦尔德总是得好好地看着他的绵羊。它们会逃跑，会溜走，会把邻居萨丽种的郁金香都给吃了。

古恩瓦尔德还有一个修理东西的工作间，他可以在那里好好地打发自己退休后的时间，还可以补贴家用。他今年74岁，是童妮娅最好的朋友。

童妮娅每次不高兴的时候都会说："想想吧，这么老的一个人竟然是我的好朋友，这就是住在云母谷的可悲之处啊。"

但是，童妮娅深知，就算云母谷里变得每一个小山坡上都住着一个10岁的小孩子，古恩瓦尔德也会是她的好朋友。她非常喜欢古恩瓦尔德，喜欢到心里都在吱吱作响。他实际上是她的教父。童妮娅觉得爸爸和妈妈实在是太勇敢了，敢让这么一个大嗓门的人为她洗礼。他很有可能会滑倒，把她摔在教堂的地上。是的，对古恩瓦尔德来说，这是很有可能的。但是，年轻的妈妈和爸爸还是决定让古恩瓦尔德，而不是别人来做这件事。他们把她放到他硕大的双手中，而他完全没有把她摔在地上。

童妮娅常常问道："没有了我你可怎么办呢，古恩瓦尔德？"

古恩瓦尔德回答说："那我就把自己给埋了吧……"

当童妮娅重重地摔在雪地上的时候，古恩瓦尔德正坐在厨房的玻璃窗边，把头伸出窗外看。他就像山妖那么高，还有点驼背。他年轻的时候长得更高，最近几年他"缩水"了不少。所有的人都会衰老，但是他从来不去看医生。对医生来说，他就是

个灾星。当古恩瓦尔德把小提琴放在下巴的下面，嘴中哼着小曲时，他就立刻活力焕发，变成了一个"小牛犊"。古恩瓦尔德说，最好的药就是小提琴。当一个人手握小提琴的时候，他还需要医生做什么呢？

"你说我是不是翻了个筋斗？"童妮娅问。

古恩瓦尔德哈哈大笑，笑得窗帘都被吹了起来。

"如果那算是一个筋斗的话，童妮娅·格里姆达尔，那么我就是一头驯鹿。"

他很怀疑，童妮娅是不是每次跳雪时都会头先着地，导致别人都会以为她摔死了。童妮娅也这样认为。

在古恩瓦尔德的家里，永远都有一把固定的椅子是留给童妮娅的，还有一个专属于她的手柄和柜子里一个专用的杯子。古恩达，古恩瓦尔德的一只黑白花猫，总喜欢钻到童妮娅的脚下磨蹭她。

"看，现在又是寒假了，你还会像过去一样去

砍树吗？"

　　"什么是'过去'那样？"古恩瓦尔德边问边在童妮娅面前放下一个盘子。

　　古恩瓦尔德的年纪非常大了，因此对他来说不知道"过去"指的是多久的过去。

　　"就是在克劳斯·哈根还没有搬到云母谷之前，那时我们还有一个完全正常的露营地。"童妮娅说。

　　是的，那时古恩瓦尔德经常去伐木。

　　"每一个假期，空中都会回响着伐木的声

音。"他回忆着。

"那时还会有许多的小朋友来这里，多得就像林间的蓝莓那样数不清。"童妮娅补充说道。

古恩瓦尔德点点头。但是，之后那个冷酷的克劳斯·哈根就来了。

他来到云母谷，觉得这里是一个绝妙的地方，因此他买下了整个露营地。他是个大富翁。他在露营地上面建起了一栋栋崭新的别墅，包括童妮娅在内的云母谷的人都觉得露营地变得焕然一新，闪闪发光。竣工后，他重新开放了露营地。在他的广告牌上面写着"全国最安静的地方——哈根健康营地"。那些想要寻找安宁与平静的人都可以来这里。起初，童妮娅认为这一切都很棒。有许多寻找安宁与平静的人来了，他们都非常友善。但是没过多久，她就开始觉得不对劲儿了：为什么来这里的都是大人，连一个小孩子都没有？

童妮娅不会为了一个问题纠结太久，于是有一天她就骑着自行车，来到克劳斯·哈根的家门口去问他了。

"克劳斯，你说说，为什么你的露营地里从来都没有来过一个小孩子呢？"

"因为我不允许人们带小孩来这里。"克劳斯·哈根这样回答道。

"啊？！"童妮娅很吃惊。

"我的顾客需要听到的是潺潺的溪流声和林间的树叶沙沙作响的声音，而不是噪声。"克劳斯·哈根一边不耐烦地回答着，一边看着自己的手表。

童妮娅从车子上跳下来，说这是她有生以来听到过的最坏的一句话。但是当童妮娅这样告诉了他之后，他立刻就又一次"创造了一个新的纪录"，说出了更坏的一句话："我说的那些噪声实际上指的就是你，童鲁特！"

"是童妮娅！"童妮娅纠正他。

"好吧，童妮娅，你能不能做个乖孩子，不要

一天到晚地在外面唱歌？"

童妮娅吃惊地瞪大了她的眼睛。

"你每天骑着自行车到这里来都会破坏我的顾客们的宁静。"克劳斯·哈根边说边挤出一个礼貌性的微笑。

"你是说我不能在我自己生活的山谷里面唱歌吗？"童妮娅为了确定自己没有听错他说的话，又问了一遍。

"你自己的？你自己的？怎么就成你自己的了？"克劳斯·哈根口中不满意地念着，"我已经对外宣传过了，这里是全国最安静的露营地，请你尊重一下，可以吗？"

不过克劳斯·哈根想错了，他应该三思而后行的。因为没有人可以要求"云母谷的小雷神"停止歌唱。你想对她提什么要求都可以，就是不能提这一个。

"很抱歉，办不到！"童妮娅说道。

　　童妮娅之后就一直保持着经常到山谷的高地上面大声唱歌的习惯，可能比之前唱的还要多，声音更大了。特别是当她骑着自行车路过露营地的时候，她会更大声地唱出来。因此克劳斯·哈根几乎要把童妮娅看成是一个大"害虫"了。之后发生了一件更糟的事情，那就是童妮娅"不幸"地把露营地一扇窗户的玻璃给打破了。其实本来不应该发生这件事的。她用弹弓瞄准的是旗杆，因为用弹弓打旗杆的时候会发出一种很好听的声音，但这是一件非常难的事情，她不是每次都能够瞄得准。

　　"糟了！"童妮娅在听到玻璃破碎的时候叫道。

　　她立刻全速骑回了家，去拿她所有的零花钱。她的零花钱都装在一个崭新的首饰盒里面，首饰盒是她从古恩瓦尔德那里"淘"来的。她怀着非常沉重和抱歉的心情把首饰盒交给了克劳斯·哈根。

　　但是克劳斯·哈根根本就不想要这个首饰盒。他把首饰盒里面的钱全部取了出来，然后把首饰盒

丢给了童妮娅，还轻蔑地"哼"了一声。

"我要这个有什么用？"他生气地问道。

这个能有什么用？这个能有什么用？他可以在里面放些钱啊！他是那么有钱。童妮娅是想让他拿这个来放钱的。克劳斯·哈根生气地又"哼"了一声，转身把门关上了。

从那一天开始，童妮娅就放弃了和克劳斯·哈根做朋友的念头。是的，她从头到脚地放弃了克劳斯·哈根这个人。这个世界上怎么会有人拒绝这么漂亮的一个首饰盒呢？她为了在这个盒子上面印上两只小鸟，周六的时候用烧木的工具辛苦了整整一天呢。

"他一定是个不喜欢艺术的人。"当童妮娅告诉古恩瓦尔德这件事后，他这样回应她。

"他根本就什么都不喜欢！"童妮娅生气地说道。

"整个露营地的主题就是悲伤，这里连一个年轻人都没有。"童妮娅说着，"幸亏你还有我，能够让你的生活变得快乐起来，让你能够高兴地坐在这里吃晚饭。"

古恩瓦尔德站起来，跪在地上，他的膝盖和椅子都发出了嘎吱的声音。

"阿门！"他喃喃自语。

他们两个都满意地享用着烤丸子、烤猪肉和烤排骨，童妮娅很好奇为什么古恩瓦尔德做的饭总是比别人做的都要好吃得多。

"你知道跳雪时翻筋斗的秘诀在哪里吗？"古恩瓦尔德突然问道，然后看向工作间的方向，思考了很长的时间，才把吃到嘴里的东西咽了下去。

童妮娅放下手中的刀叉，回答道："是雪橇吗？"

第3章

"方向盘雪橇一号"

童妮娅和古恩瓦尔德开始不断地进行一些新的项目。他们两个人一直认为他们应该改造一下雪橇，研究出一辆完美的雪橇。他们计划做出一个模型，这个模型就像是渡轮那么坚固，又能像摩托雪橇那么快，同时又和古恩瓦尔德去世了的奶奶一样漂亮。如果他们想要这么做的话，他们就要在明年的圣诞节之前真的保持认真工作，而且要有很坚定的决心，就像克劳斯·哈根那么"硬"的决心。

这个主意是在某一天童妮娅清理她的雪橇的时候想出来的。

"我现在的这辆雪橇有点不稳了。"童妮娅向古恩瓦尔德抱怨道。

"对啊！就是这个！"古恩瓦尔德说，"你应该给自己弄一辆带方向盘的雪橇。"

"在雪橇上面装个方向盘有什么用呢？"童妮娅问。

"一辆好的带方向盘的雪橇不会让你一直把手放在方向盘上面的。"古恩瓦尔德说。

童妮娅也觉得一辆好的雪橇上面是应该带个方向盘。第二天，他们两个就开着货车带着一后车厢的雪橇去山里。因为他们要多试试，找出最好的那一辆雪橇。那辆最好的雪橇可不是随随便便的一辆，它将被冠以"云母谷的微笑"的名号。他们不停地走家串户，寻找那些已经坏了的雪橇。因为古恩瓦尔德说，从那些失败的作品上可以得到重要的改进技术和信息。

"你们的雪橇大计进行得怎么样了？"人们常常这样问道。

"一切都在进行当中。"童妮娅和古恩瓦尔德总是这样谦虚低调地回答。

现在已经过去一段日子了，童妮娅好几天都没有来过工作间了。她现在被别的事情吸引过去了。因此，当她看到古恩瓦尔德打开工作间的门，地板上面放着三辆已经完工的雪橇的时候，她几乎兴奋得要晕过去了。

"现在就差一个能帮我们试试这几辆雪橇的人了。特别是需要一个孩子。"古恩瓦尔德一边喃喃自语着，一边看向童妮娅，她是云母谷里面唯一一个小孩。

几公里外的一个长长的山坡上，有三辆带方向盘的雪橇。那里的视野非常好，好到都可以在那里举办歌剧会了。古恩瓦尔德兴奋地走着，童妮娅认真地戴好了她的头盔。

"等冬天过去了，我们就能拥有一辆一直冲到海边去的雪橇了。"

童妮娅高兴地点点头。一共有4公里的路程，中间还有上坡、平地和直线路段。我能够一直滑这么远吗？你可以做到——古恩瓦尔德这么想。但是他知道，现在还不行。他们首先要试一试，然后再重新计算一下。

一共有两种刹车装置。一种是需要童妮娅手动的手刹，另一种是可以脚踩的脚刹。

"第三辆是什么样的？"童妮娅看着第三辆没有刹车，但是有方向盘的雪橇。

"当我们找出哪一种刹车装置最好之后，我们就把它重新装在这辆雪橇上，这辆雪橇的材料是最好的！"古恩瓦尔德兴奋地摩拳擦掌。

他把童妮娅放到第一辆雪橇上。

"这辆雪橇可能会有一点不稳。这是我的第一个作品。"

童妮娅抓紧方向盘，古恩瓦尔德打开了他的对讲机。在童妮娅开始之前，他们必须和彼得保持联系，因为他会帮他们注意山坡下面的车辆。

彼得家有一台挖土机。他是童妮娅和古恩瓦尔德的朋友。"他爱上了伊顿姑妈。"爱尔姑妈是这么说的。但是彼得实在是太害羞了,所以他从来都没有为此做过什么。一年又一年,他就这样子生活着,爱着,别人都替他着急了,但是他依然如故。

"各就各位,收到了吗?"古恩瓦尔德对着对讲机说道。

童妮娅听到对讲机里传来彼得带着杂音的声音:"收到,道路清理完毕!"

"好的!出发!"古恩瓦尔德大喊了一声,把童妮娅的雪橇用力地推了下去。

这真的和一般的雪橇感觉不太一样。童妮娅还没有反应过来,她就已经滑到了桥边。她兴奋地找刹车装置,想赶快试试。原来这辆雪橇上面装的是一个脚踏板!她使劲地踩,但是力量不够大,踩不动。雪橇的头开始向另外一个方向偏了过去,她想要把方向稳住,但是她自己反而偏向了另外一边。

雪橇失控了！

"啊啊啊啊啊！"童妮娅大叫起来，在她的滑行路程真正地开始之前，她和她的雪橇一起飞了起来，就像两只鸟似的，然后重重地摔在了地上。

今天，这是童妮娅第二次摔倒在雪地里。她觉得脸上很疼。

我还活着——她这么想着，使劲挣扎着想要站起来。

这时，一双长长的腿出现在了童妮娅面前，她马上就知道是为什么了。可怜的萨丽的玫瑰树！它们就静静地站在雪中，不知道这世界上会有什么危险袭来。但是童妮娅来了，她重重地摔在了玫瑰树上，把它们从冬眠中给惊醒了。童妮娅站起来，望着萨丽。她手中拿着把小铲子，疑惑地看着这辆飞速滑来的雪橇。

"你这滑的是什么东西啊？"她问道。

"古恩瓦尔德和我在做试验呢，"童妮娅解释

道，"它一点都不危险。"

"这我可不太相信，"萨丽生气地说道，"你可别把脖子给摔断了。"

童妮娅向她保证，一定尽自己最大的努力。

"再见，萨丽！"

"这真是辆糟糕的雪橇。"童妮娅回到古恩瓦尔德那里，抱怨着。

"你也是个糟糕的驾驶员。"古恩瓦尔德回答道。

童妮娅生气地喊道："那你教教我嘛！"

当太阳升到斯杜尔峰的时候，古恩瓦尔德把他所有有关使用雪橇方向盘来进行滑雪的知识都教给了童妮娅，这可不是件容易的事情。

"你们那边怎么样了？"古恩瓦尔德的对讲机里传来彼得的呼唤。

"我还在上课呢！"童妮娅大喊。

"你听到了。"古恩瓦尔德补充道。

于是，对讲机安静了一会儿。不过很快就又发出了声音："我现在要不要恢复交通啊？"

"千万不要！"古恩瓦尔德大喊道，然后让童妮娅坐上另一辆雪橇。这辆比刚才那辆短一些。"这辆今非昔比啦！"古恩瓦尔德说，"你也比之前更熟练了！"

在出发前，童妮娅检查了一遍刹车装置。

预备，开始，出发！这辆雪橇滑起来的感觉确实更棒！童妮娅很快就掌握了如何控制好这辆雪橇。在经过小桥的时候，童妮娅优雅地用腿部力量进行了减速，这是之前古恩瓦尔德教过她的，这样一来，她就不会滑倒了。萨丽也跑出来看她了。

"吼吼！萨丽，你看！这可真刺激啊！"童妮娅快乐地冲着萨丽大喊着，然后从她的身边呼啸而过，刮起一阵风，把萨丽的裙子都吹起来了。

这辆雪橇实在是太棒了！快得就像是一辆雪地摩托车。她冲进了"神话森林"，在林间快乐地穿

梭着。她唱起歌来，而且是自编自唱：

"啦啦啦，这里跑来了一辆飞快的雪橇！"

在经过哈根健康营地的时候，童妮娅唱歌的声音更大了。

"啦啦啦，这里跑来了一辆飞快的雪橇！"

"啦啦啦，路上跑着一辆飞快的雪橇！"

她飞快地看了一眼克劳斯·哈根，他正站在前台那里呢。

她飞快地滑了过去，马上就能看见彼得了。

"啦啦啦，这辆雪橇要停下了！"

她完美地停在了彼得的面前，离他的鞋就只有一厘米。她溅起了一圈晶莹的雪花，在阳光下闪闪发光，就像是在舞蹈一般。

"下午好。"她边说边站起身来。

她觉得腿有些麻麻的，因为她保持一个姿势的时间太长了。彼得把她抱下雪橇。他身后停了几辆车，那几辆车已经停在那里一个小时了，从她第一

次开始试滑一直到现在。

"幸亏我看起来是在进行道路作业。"他指了指他的挖土机。

"他们是要去哈根健康营地的游客。"

是的，因为今天是周五，周末又到了，童妮娅忽然想起来。她仔细地打量着每辆车，每一辆车里面都坐着一对老夫妇，他们是来这里去那些长长的、一眼望不到尽头的滑雪道上面滑雪的。童妮娅又想：这里是云母谷，一个实实在在的地方。这里有滑雪道和美丽的雪。但是，竟然没有一个小孩子可以来这里过寒假。这真是件不可思议和令人感到

难堪的事情！

他们一起坐着彼得的沃尔沃往回走。在回去的路上，童妮娅和古恩瓦尔德对彼得说，他们可以做出一辆能够一直滑到海边去的雪橇。她说，古恩瓦尔德已经做出一辆特别棒的雪橇了。但是，当她的眼睛看向窗外时，她突然就闭上了嘴。

克劳斯·哈根站在那里，就像是一头不安的麝牛。

彼得立刻停下车，他试图摇下车窗玻璃，但是车窗坏了，所以他不得不打开车门。克劳斯·哈根看起来就像是要吃人一样，他质问道："这个道路作业是怎么回事啊？我的客人们都说他们需要在这里等上一个小时才能通过。"

彼得一时间说不出话来，不知道该怎么回答。

"我是不是应该向警察举报你啊，你这个笨蛋！"克劳斯大喊。

童妮娅从座位上站了起来。"你不能说别人是笨蛋！"她大声说道。克劳斯·哈根白了她一眼。

"如果这是事实的话，就可以这么说！"克劳斯·哈根回了一句，"对你也是一样的，童鲁特！要是再让我看到你的雪橇出现在路上，我就立刻报警！"

童妮娅还没来得及反驳她不叫童鲁特，克劳斯·哈根就冲回了他自己的车里。

"只要有你在的一天，我就没有办法在云母谷里好好地做生意！告诉你，如果我是你爸爸，我绝对不会把你从家里放出来！"

童妮娅瞪大了双眼，他怎么能说出这么难听的话来？

"克劳斯·哈根，你这个……"

彼得把车门关上了。

"没有人能说别人是笨蛋。"他微笑着说道，然后发动了汽车，离开了"神话森林"。

第4章

天上下"信"雨了

无论发生什么好事都会被克劳斯·哈根这样的人给搅得不愉快的。童妮娅实在是难以平复自己的心情，她抱着双臂，不停地在古恩瓦尔德家门前的院子里走来走去。

"他还是把我的名字叫成'童鲁特'！"她忍不住喊了出来，她一定要古恩瓦尔德明白，这是件多么错误和疯狂的事情。

但是古恩瓦尔德只是微笑。他简单地说明了原因："我们不该为了这个无趣的人说的话烦恼。"他邀请彼得进屋来喝一杯咖啡，感谢他的帮助。

但是童妮娅没有办法平静下来，她坐在一块没有雪的空地上，为克劳斯·哈根说的话烦恼着，她气得肚子疼。一切有趣的事情对他的生意、他的游客来说都是错误的！甚至连雪橇都是不应该存在的。就是为了那个健康营地。可是他有没有想过，这里首先应该是一个能让人住下来的地方！她瞥了一眼那三辆雪橇。还有，克劳斯·哈根竟然说彼得是笨蛋。彼得是那么好的一个人，他的眼睛闪闪发光。还有，克劳斯·哈根说爸爸不应该把她从家里放出来。他还说，如果他再看到她的雪橇出现在路上，就要报警来抓她！童妮娅气得快把她坐的那个地方给点燃了！

这时，她听到古恩瓦尔德把他的小提琴拿了出来，那悠扬的音乐从门缝中钻出来，在蓝色的晚风中舞蹈着。用最好的材料做的第三辆雪橇静静地躺在地上，似乎在向童妮娅眨眼。童妮娅觉得这辆雪橇几乎可以达到"速度和自信"的要求了。当古恩瓦尔德说不要因为克劳斯·哈根的话而烦恼的时候，他的意思是不是说我应该再到路上去滑一次，而且是在路中央滑？难道不是吗？

童妮娅又一次打量这辆没有做完的雪橇。这辆雪橇上面没有装刹车装置，需要童妮娅用腿控制雪橇移动和停止。这辆雪橇做得非常好：短小精悍，坐上去也非常舒服。她试着前后移动了一下方向装置，很灵活，也很轻松。

"准备就绪，出发！"童妮娅自言自语着，然后，在她感到后悔之前，她滑着雪橇冲向了被雪覆盖着的道路。"云母谷的小雷神"用尽全力地滑着她的雪橇。在经过小桥的时候，她必须用尽全身的力气来转弯。她用力抓紧方向盘，就像是握着生命线一样。是的，现在这个方向盘确实正关系到她的性命。"哇！"她滑进了森林。"哗！"雪落在了她的脸上。"噗！"她又滑出了森林。冰冷的空气吹过她的脸颊，眼泪都飞出来了。

"噢噢噢噢！"童妮娅兴奋得大叫，但是心里又有点害怕。

空气在歌唱，童妮娅兴奋得浑身颤抖！再快一些！再快一些！再快一些！童妮娅已经完全陷入了这种疯狂的速度之中，她完全没有意识到她快要滑到哈根健康营地了，她甚至连唱歌这件事都忘记了。

这时，她看见了邮政车，它正停在靠近露营地旁边的那条路的路中央。看来今天邮递员来晚了，童妮娅这么想着。但是她没有意识到她应该减速了。她的这辆雪橇车上没有刹车装置，她把腿伸到雪橇外面，使劲地用雪橇靴顶住地面，试图减速，但是一点用都没有。这时，童妮娅发现了路边的雪堤，这是可能让她的雪橇停住的绝好位置，看来只能冲向那里了。她眯起眼睛，用腿调整好前进的方向。于是，我们的童妮娅·格里姆达尔就带着她最大的"速度和自信"冲进了路边的雪堤。

这一幕确实是"精彩绝伦"，当然，对我们可怜的邮递员来说，就有点"不幸"了。就在童妮娅的雪橇冲向那里的时候，他正从邮政车的后备厢中

抱出一个装满了信件和报纸的箱子。

"注意！"童妮娅大喊道。

邮递员躲避不及，塞满了信件和报纸的箱子从他的手中飞了出去，他一下子栽进了路边的雪堤中，童妮娅则伴着漫天飞舞着的信封冲进了另一个雪堤中。一张地方报纸呼啦一下拍在她脸上，她感到眼前一片漆黑。

果然是"好事成双"，人倒霉的时候，真是喝凉水都塞牙缝。她今天又洗了一次"雪澡"。今天是星期五，而在这一天内，她已经记不清总共摔了多少次跤了。她挣扎着从报纸堆里面站了起来，把身上的雪都拍干净。邮递员被撞得晕乎乎的，他的身边散落着七零八落的信件。

"这是古恩瓦尔德给你新做的雪橇吧？"缓过神来后，他好奇地问道。

童妮娅的回答刚到嘴边就被冻住了，因为她看见了克劳斯·哈根。他的到来就像是冬季里刮起的一阵恐怖的飓风，他看上去就像是他自己被撞了一样。

"你做得实在是太出格了！童鲁特！"

克劳斯·哈根身上散发出的怒火似乎都要把他靴子上面沾上的雪给点燃了。童妮娅站好，叹了一口气，她被夹杂着厉声斥责的冰冷空气包围了。

可是，这个时候童妮娅不知道她其实救了别人。她不知道，在克劳斯·哈根听到门口的碰撞声之前，他正在对另外一个人发脾气。是的，童妮娅什么都不知道。她不知道现在正有个小男孩躲在露营地的后面往这边看呢，他很害怕地看着克劳斯·哈根对着这个坐在雪橇上的红发小女孩发脾气。刚刚他还吓得觉得自己的小命儿都要没了，而现在，他震惊了：童妮娅居然一点都不害怕！她就那样平静地捡起地上散落的信件和报纸，仿佛她的面前没有站着这个暴跳如雷的克劳斯·哈根一样。

还有一件事，童妮娅也不知道。那就是她从雪地里捡起的一封信，将会改变一切。在那封棕色的信封上面写着：寄给云母谷的古恩瓦尔德·格里姆达尔。寄给古恩瓦尔德的，童妮娅和他可是大熟人啊。

"我可以帮忙把这封信带给他。"童妮娅对邮递员说。

然后她就像一个小将军那样，捡起自己的头盔，拖着她的雪橇，轻巧地离去了。但是，这一次她没有唱歌，因为她也觉得自己今天做得有点出格了。

第5章

童妮娅、爸爸和海鸥盖尔的一夜

知道云母谷的人并不多，它的位置比较偏僻，而且有些神秘。但是，童妮娅一直住在这里，她知道这里的一草一木。她知道哪一棵树能够轻松地攀爬上去，她知道这里每一座山峰的名字。今天，她走在回家的路上，突然停下了脚步，静静地望着深色天鹅绒一般的夜空。

瓦德峰是这里最高的山峰，在它的旁边是云母角峰。每天正午十二点的时候，太阳都会出现在云母角峰的上面。冬天的时候，那里会发生雪崩。纳肯峰，古恩瓦尔德家院子后面的那座山峰，山下有一片正方形的云杉林，就像是一条围裙。这片林子是古恩瓦尔德的祖父亲手栽种的。还有一座山峰，就是斯杜尔峰，每到夜幕降临的时候，它都会给云

母谷里投下一片阴影。

"我的山峰们，"童妮娅喃喃自语道，"我的家啊。"她转身朝家的方向走去。

新房子里住着童妮娅、爸爸和妈妈。没人住在那栋老房子里，童妮娅的亲戚们都搬走了，他们现在只会偶尔在放暑假的时候回来住一阵。但是，老房子里面也常常亮着灯，因为爱尔姑妈和伊顿姑妈回来的时候都会住在那里，而且童妮娅和爸爸偶尔也会去住，这样，老房子就不会觉得自己被人遗忘而寂寞了。

现在，新房子的厨房里亮着灯。爸爸正愉快地准备着晚餐。海鸥盖尔坐在咖啡罐上，自娱自乐着。海鸥盖尔是妈妈带回来的，当她在海边发现它的时候，这个小东西被缠在渔网里面奄奄一息，于是她就把它带回了家。海鸥盖尔在云母谷里住了整整一个夏天，等到它的翅膀养好了，能够飞走的时候，它却不愿意离去。它在这里生活得怡然自得，仿佛它从来就不是一只海鸥。

"这是它的权利。"童妮娅决定留下它。

在厨房里,海鸥盖尔有自己的箱子,自己的碗。它今年已经三岁了,现在的它是一只胖乎乎的、黑黢黢的、整天吵吵闹闹的海鸥。但是,童妮娅和爸爸都很喜欢它。它经常做出一些奇怪的事情,这让童妮娅和爸爸想到了妈妈。她在海边工作的时候,耳边经常是这样无休止地充斥着海鸥的叫声。如果一个人想要研究大海,那么他就必须亲眼去看、亲身去体验大海,别无他法。如果一个人想成为像童妮娅和爸爸这样的云母谷的农民,那么他就必须到云母谷里来,像他们那样生活,别无他法。童妮娅实在是很难想象出爸爸和妈妈相爱的原因,他们是怎么相爱的呢?实在是太不可思议了!妈妈现在在格陵兰工作,研究冰川融化的程度。每天,童妮娅和爸爸都会收到妈妈的电子邮件,里面有她的照片和生活感受。

"格陵兰实在是太不可思议了！"妈妈的邮件里这样写道。

晚上，童妮娅常常会做梦梦到自己身在格陵兰。有一次，她梦到自己穿着睡衣，坐在一大块浮冰上面，周围都是海豹，而且一点都不觉得冷。这是她做过的最棒、最酷的一个梦。

童妮娅推门而入，带来了一阵屋外寒冷的风。

"小伙子们，晚上好！"海鸥盖尔和爸爸同时抬头看了她一眼。

"我以为你今天都不会再出门了！"爸爸说。

童妮娅在摆好了晚饭的桌子前坐下，解释道："我必须去给古恩瓦尔德送一封信。"

"今天邮递员是不是出了点事儿啊？"爸爸问道。

"嗯，大概吧。"童妮娅小声说道。她思考着如果今天她真的撞到他身上去了会怎么样。

童妮娅告诉爸爸："古恩瓦尔德拿到那封信的时候样子很奇怪。他从来没有在收到一封信后反复地看，就像没有看过信似的。"而且，古恩瓦尔德在看到信封上面的地址的时候，似乎屏住了呼吸。

"那封信是谁寄来的？"爸爸问道。

"我不知道。"童妮娅说。

他们都沉默了一阵。童妮娅觉得经过了这样的一天实在是太累了。壁炉里面的木柴烧得噼啪作响。

爸爸突然说："克劳斯·哈根今天打来过电话。"

"我们不应该在意克劳斯·哈根的话，"童妮娅脱口而出，"这是古恩瓦尔德说的。"

透过爸爸的胡子，童妮娅看见爸爸笑了。

"好吧，如果古恩瓦尔德这么说了的话。"

他喂给海鸥盖尔一块奶酪。奶酪包裹住了它的喙，这让它看起来就像是得了牙病。

这一幕把童妮娅给逗坏了，她笑得牛奶都从鼻子里喷了出来。

第6章

卷入了一场真正的战斗

星期六的时候，童妮娅和爸爸刚把清扫的工作做完，她就立刻冲到了古恩瓦尔德家里，去看看她的雪橇做得怎么样了。但是古恩瓦尔德没有在做雪橇，他坐在厨房里，手中握着小提琴，发着呆。

"你在这里干吗？"童妮娅一边脱鞋一边问道。

"嗯。"古恩瓦尔德应了一声。

童妮娅看了看窗外，通往森林边上的瞭望台前有一排轨迹。

"你去瞭望台了吗？去那里干吗？"

一百年前，古恩瓦尔德的祖父搭建了那个瞭望台。那个时候，他无可救药地爱上了一个名叫玛德琳·卡特琳娜·班内迪克特的女孩儿。玛德琳穿着一条美丽的天蓝色裙子，有52个人曾向她求婚，古恩瓦尔德这么告诉过童妮娅。古恩瓦尔德的祖父是第53个求婚者，但是，他并没有给她献上玫瑰花，而是建了一座瞭望台给她。

"这在当时可是最时髦和最棒的做法。"爱尔姑妈曾这么说过，"想想吧，如果彼得能够向古恩瓦尔德的祖父好好学习一下，给伊顿姑妈也建上一座瞭望台的话，会怎么样呢？嗯？"

玛德琳从没有见过比窗外的那座小巧洁白的瞭望台更美的东西，她也从来没有见过比古恩瓦尔德的祖父更好、更帅气的人，至少她本人是这么认为的。就这样，古恩瓦尔德有了一个全世界最美丽的祖母，还有那座森林边上的瞭望台。

每到夏天的时候，坐在瞭望台上，喝着饮料，回忆古恩瓦尔德的祖父和玛德琳·卡特琳娜·班内迪克特的故事，真是件很惬意的事情。

古恩瓦尔德和童妮娅经常这么做。但现在是冬天，为什么古恩瓦尔德要去那里呢？

在童妮娅不停地缠着古恩瓦尔德问了很久之后，他最后说："你还记得昨天的那封信吧？"

"记得，怎么了？"童妮娅问道。

古恩瓦尔德有点不高兴地说："那封信上说，我以前认识的一个人去世了。"

童妮娅从桌上的碗里拿起一块家里自制的香草饼干吃起来。真的很难看出古恩瓦尔德有一个十分美丽的祖母，因为他的眉毛看起来就像是两把没有洗干净的牙刷。

"究竟是谁死了呢？"她问。

"一个无关紧要的人。"古恩瓦尔德说。

"一个无关紧要的人？"

"对，一个不重要的人。"

古恩瓦尔德把小提琴放在桌子上，拿出他的斯努斯（挪威特有的一种烟草，无需点燃，放在嘴里含着即可），但是里面是空的了。

"可恶！"他大喊着，把盒子扔到了地上，吓得古恩达一下子跳到了水池上。

童妮娅清楚地知道，没有了斯努斯的古恩瓦尔德可不好惹。现在商店已经关门了，这下可难办了。

"我现在立刻去找尼尔斯，去给你借一些斯努斯回来，你可不能这个样子在家里待着。"童妮娅说道。

童妮娅滑起雪橇，迅速地滑向山下，经过哈根健康营地，她唱了起来：

"古恩瓦尔德需要斯努斯，

他需要斯努斯，是的，

有了斯努斯他就高兴了，

啦啦啦啦啦啦啦，

但是如果他没有斯努斯，

那么他就会变成一只愤怒的斗犬，

那我就只能把斯努斯寄到非洲去啦，

啦啦啦啦啦啦啦啦。"

当她滑到山下的时候，她已经快变成一个雪人了。她把雪橇停在福利院外。尼尔斯是彼得的祖父，彼得说他有的时候会有点儿疯，那是他喝了很多啤酒的时候。尼尔斯这种疯的状态可能会持续几天，或者是几周。当尼尔斯变得疯疯癫癫的时候，他会说许多胡话或者是有意思的东西，无论是彼得还是安娜，还是他们家里的其他人，都不觉得这是什么好事。童妮娅不知道尼尔斯今天有没有"疯"，她最想知道的是他有没有斯努斯。

幸好他有。他现在是疯癫的状态，但是他有斯努斯。

"安娜，童妮娅想要斯努斯！"尼尔斯大喊着，蹒跚着走进屋里去。

童妮娅在门外站着等候，同时，她听到了两位老人一段奇怪的对话。

"古恩瓦尔德今天确实是需要安慰，我看《奥斯陆报》上面登了，安娜·辛姆曼去世了。"安娜说道。

"安娜·辛姆曼死了？"尼尔斯大喊，"这个坏女人死了！"他又添了一句。

"别乱说，尼尔斯！"安娜说，"你可不应该这么说。"

"对于这个安娜·辛姆曼，我想怎么说就怎么说。她是个坏女人。"尼尔斯喃喃自语。

之后他蹒跚地走了出来，手里拿着斯努斯。

"安娜·辛姆曼是谁啊？"童妮娅问。

"一个坏女人，"尼尔斯一边说一边擤着鼻涕，"跟古恩瓦尔德说，我这盒给他了。他现在非常需要这个。"

童妮娅在回去的路上一直在不停地思考：安娜·辛姆曼？为什么说她是个坏女人呢？她从来没有听说过安娜·辛姆曼这个人。她是古恩瓦尔德去瞭望台时想到的人吗？童妮娅深深地沉浸在她自己的思考中，经过哈根健康营地时完全忘记了唱歌。

但是，当她来到"神话森林"前的时候，她看到了惊人的一幕，她吃惊得都快把眼睛瞪出来了：迎面走来了两个小孩。

童妮娅吃惊地叫了出来。竟然有两个男孩！其中一个人穿着迷彩服，头上绑着头巾，他边走边掸着身上的雪。另外一个手里拿着滑雪板，静静地走着。童妮娅不敢相信自己的眼睛，这是真的吗？他们是来过寒假的吗？

那两个男孩看到了童妮娅，停了下来。很快，他们就面对面了。童妮娅正要微笑着和他们打个招呼，那个绑着头巾的男孩先开了口："离我的哥哥远一点！"

童妮娅挑起眉毛。

那个小男孩恐吓似的看着童妮娅："如果你敢碰我哥哥，我就会把你揉成肉饼儿！"

另外一个男孩，就是那个别人不能招惹的人，不好意思地站在那里，看着路边。童妮娅无法控制自己，她从雪橇上站起来，走过那个小男孩身边，伸出她的食指戳了戳他哥哥的肩膀。

"你竟然敢碰我哥哥！"小男孩大吼道。

童妮娅展现出了一个最美丽的笑容。那个小疯子就像是一只山猫似的扑上来了。

他袭击了童妮娅！就在她自家门口！这个最坏最坏的臭家伙！她迅速地开始反击。

"啊啊啊啊啊！"她大喊着。

这两个人就在路上翻滚和扭打着。那个小男孩挥拳、翻滚、抓她的头发，童妮娅也同样反击。两个人势均力敌。

但是，戴头巾的男孩突然停了下来。

"哥哥！"他喊着。

他的哥哥走了。童妮娅刚刚开始觉得这是场有点意思的战斗，那个小男孩却跑了。他跳起来，大喊着："哥哥，等等我！哥哥！"整个云母谷里都回荡着他的叫喊声。

　　童妮娅慢慢地从雪地里站起来，她的手也疼，头也晕。刚刚到底发生了什么事情？然后她忽然发现了一件让她无比震惊的事情：那个男孩把烟盒拿走了。

　　童妮娅以迅雷不及掩耳的速度冲向了哈根健康营地，她在快到的时候突然转了个方向，停在了那两个人面前，这是爱尔姑妈教给她的。那两个男孩一看就是兄弟俩，两个人的眼睛长得很像。

　　"把烟盒交出来！"童妮娅说。

　　那个小男孩有着一头深色的直发，手里握着烟

盒，一点都没有交出来的意思。

"烟盒，谢谢。"童妮娅又说了一遍。

她只需要让他们看看"云母谷的小雷神"是多么令人畏惧就可以了。

"乌拉，把斯努斯给她。"

那个谁都不能惹的男孩竟然可以说话。他转身面向童妮娅，一脸歉意。

"他是无心的，他……"

"我就是故意的！"那个小男孩大声说道，然后用尽全力把烟盒扔了出去。烟盒落在了有点远的地方。

"你打架的时候就像个小女孩。"他气急败坏地说着，然后气呼呼地走回了营地。

"我就是个女孩！"童妮娅立刻回了一句。

另外一个男孩没有走，那个她用手指碰了一下的男孩没有离开。他看上去非常友好。他有着一头金色的头发，还有一双略显羞涩的眼睛。童妮娅是

真心地想要听他说些什么，说些什么有意思的话。
她站在原地，流出了鼻血，落在雪地上，留下了点
点红色。但是那个男孩什么都没有说，他看着地
面，然后转身去找烟盒了。

童妮娅就站在营地的门口。

"蠢货！"

她的喊声惊起了克劳斯·哈根，他掀起窗帘，
恶狠狠地瞪了她一眼。但是童妮娅只是注视着那兄
弟俩消失的方向。

"笨蛋！"她一边说着一边转身滑着雪橇离
去了。

第7章

童妮娅讲述
"最可怜的山羊"的故事

一看见古恩瓦尔德，童妮娅的眼泪就夺眶而出。

"我打架了！"童妮娅呜咽着说。

古恩瓦尔德吃惊地从椅子上站起来去找纸巾，听着"云母谷的小雷神"一股脑儿地把整件事告诉他。古恩瓦尔德想知道她是不是打得很过瘾，童妮娅觉得还不错。古恩瓦尔德找来药品止住了她的鼻血。在她一边流着鼻涕，一边滔滔不绝地讲述她惊险刺激的经历的时候，古恩瓦尔德在用整块的巧克力给她煮热可可。他把一杯热气腾腾的可可放在童妮娅的面前，同时把一大块斯努斯放进了嘴里。他说，这是他活了74年以来尝过的最好的斯努斯，让他感觉浑身振奋。这都要归功于尼尔斯、童妮娅和

神明！童妮娅还是流鼻涕，她当然会这样，因为她出去了这么久，外面那么冷，她很有可能感冒了。但是她只是在想：终于有小孩子来云母谷了！

她问："为什么第一次来到这里的小孩会是笨蛋呢？"

"先休息一会儿吧。"古恩瓦尔德说道。他站起身，取来了小提琴，把它放在肩上，为童妮娅"举办"了一场单独的音乐会。

有时候，利夫神父会来找古恩瓦尔德去教堂演奏。童妮娅也会跟去，她会坐在走廊里面，听着古恩瓦尔德的演奏，看着他穿着微卷的白色衬衫，稍有些短的西服裤，闭着眼睛，将美妙的音乐传递给那些听他演奏的人。这种美妙的音乐能一直穿过教堂的屋顶，飞到天上去。那时候，她为古恩瓦尔德感到骄傲。但是，即使现在是在厨房里，而不是在教堂那样"高级"的地方，而且古恩瓦尔德还顶着一头乱糟糟的头发，他演奏出的音乐也同样美妙动听，甚至更美妙了。爸爸告诉她，古恩瓦尔德年轻的时候是奥斯陆交响乐团的一员，但是他很快就厌倦了那里，于是搬回了云母谷，继承了家里的农场。从那以后，古恩瓦尔德就只在这里演奏小提琴了。童妮娅每次和古恩瓦尔德一起去市里的时候，就会有人来和他谈论小提琴演奏的事情。

古恩瓦尔德有一次和童妮娅说："音乐是我的灵魂，没有了我的小提琴，我就是一具没有灵魂的躯壳。"

渐渐地，童妮娅明白了古恩瓦尔德的意思。小提琴的旋律飞进了她的心里，让她感觉好多了。古恩瓦尔德的演奏接近尾声时，就像她期待的那样，她闭上眼睛，听到了《蓝人啊，蓝人啊，我的老山羊》①这段熟悉的旋律。这时，童妮娅又哭了

---

① 这原是挪威诗人 Aasmund Olavsson Vinje 为自己放牧的老山羊创作的一首诗歌《Blåmann》，后被谱曲，成为广为流传的挪威民谣。

起来，因为这是她听到过的最好听的一首歌，但同时，她也感觉特别伤心。

只要有古恩瓦尔德在，我还需要什么别的朋友呢？

音乐最终停下了，古恩瓦尔德也坐了下来。童妮娅突然想起了一件很重要的事情，于是她问古恩瓦尔德："安娜·辛姆曼是谁？"

古恩瓦尔德愣了一下，他吃惊地望着童妮娅。

"你为什么，呃……"他有些口吃了，"安娜·辛姆曼死了。"

"是的，但是她是谁？"

如果童妮娅没有打架，如果童妮娅仍然觉得难过，那么古恩瓦尔德永远都不会回答这个问题的。

"很多很多年以前，安娜·辛姆曼是我的爱人。"

古恩瓦尔德像是用尽了全身的力气在陈述这件事。

"你有过爱人？！"

童妮娅看着古恩瓦尔德身上那件破烂的毛衣，

还有他那一头乱糟糟的头发。他竟然有过爱人？

"这是真的，我确实有过！"他生气地说。

童妮娅小心地问："这是一段不幸的爱情故事吗？"

童妮娅非常尊重那些有过不幸的爱情故事的人，虽然她自己从来都没有经历过，但是她的爱尔姑妈有过这样的一段经历。爱尔姑妈那段不幸的爱情故事是非常悲伤的，那段时间，她每天都躺在床上不肯起来，并且谁都不见。如果古恩瓦尔德也曾遭遇过这样的事情，那么她就非常明白为什么他会

在冬天到瞭望台去了。

"你这个小大人！你不要瞎猜了，我可没有什么不幸的爱情故事。"古恩瓦尔德不满地抱怨着。

但是他装得还不够像，一眼就能看出来。每次说谎的时候，古恩瓦尔德和童妮娅一样，都会不自觉地往下看。

"古恩瓦尔德，你现在应该去工作间，开始接着做雪橇了。我会讲一个非常棒的故事来安慰一下我们两个。这是个有关一只最可怜的山羊的故事。"童妮娅从椅子上站了起来。

"最可怜的山羊？"古恩瓦尔德不信。

"是的，很少有人听过这个故事。它从来没有在那些有名的神话传说故事中出现过，"童妮娅解释道，"但是它是出现在那个《三只山羊去河边遇到山妖》①之前的故事中的。"

---

① 挪威非常有名的民间故事，类似于《三只小猪》的故事。

"好吧。"古恩瓦尔德一边说着，一边不情愿地站起来。

"那三只山羊总是欺负这只最可怜的山羊，"童妮娅边说边走向工作间，"它们欺负它小，玩的时候从来都不带着它。它们甚至还把它的食物都吃光了。这就是为什么说它是最可怜的山羊。现在它要去夏季牧场，打算多吃些草，让自己变胖、变强壮些。"

"哇。"古恩瓦尔德说。

"但是那三只笨山羊先走了，"童妮娅继续说道，"这只最可怜的山羊是最后到达桥边的，那时已经是晚上了。山妖躺在桥下，浑身疼痛不堪，因为早上它被最强壮的那只山羊给打伤了，它的骨头都被打断了。"

"好吧。"古恩瓦尔德说，他边整理着雪橇边回应着。

"但是，这个山妖有不为人知的一面，"童妮

娅说，"如果它遇到了一些特别弱小、特别可怜的人或动物的时候，它会对他们特别好。就像现在，这只最可怜的山羊来到了它面前。'是谁到我的桥上了啊？'山妖小心地问道。'是一只最可怜的山羊，我要去夏季牧场那里吃草，让自己变胖、变强壮一些。但是我现在实在是太饿了，我已经走不动了。'这只最可怜的山羊边说边累得跪在了地上。山妖知道这只可怜的山羊是怎么了。其实这个山妖一点儿都不坏，它只是一个又饿又寂寞的山妖。"童妮娅解释道。

古恩瓦尔德点点头。

"于是，这个山妖低沉地说：'我现在过来了……''你过来吧。'这只可怜的山羊无力地说道，因为它现在孤立无援。虽然之前受到了很大的伤害，这个山妖还是努力爬上了桥，坐在桥边。它的身上有一个很大的窟窿。这只最可怜的山羊也用尽身上最后的一丝力气，站起身走过去，坐在桥边，"童妮娅继续说，"它就坐在那个窟窿边，听山妖讲述它早上和那三只山羊打斗的可怕经历，特别是有关那只最强壮的山羊是怎么在它的身上戳出这么一个可怕的窟窿的事。'你觉得疼吗？'这只可怜的山羊关心地问道。'我觉得疼吗？'山妖低沉地说，'我疼死了！'"

童妮娅停了下来，思索着。古恩瓦尔德认为这个故事已经结束了，于是接着摆弄雪橇。但是童妮娅又接着讲："这只最可怜的山羊非常同情这个山妖，它说：'等那三只山羊从牧场吃完草回来，它们会比以前胖上一倍的。那个时候，你就可以吃了它们，而且会觉得更饱的！'山妖觉得这是个非常棒的想法，但是它现在一想到山羊就肚子疼。山妖决定结束这段对话，因为它现在觉得它的心脏越跳越快，而且心里面非常温暖，这只可怜的山羊也是这样觉得的。"

"故事的结局是什么样的？"古恩瓦尔德没有

耐心地问着。

"你别催我，"童妮娅说，"这是一个非常悲伤的故事。当一个山妖的心脏跳动得足够快的时候，它就会变得越来越小，越来越像人类了。最后，它就会完全变成人类的样子了，而且有一颗人类的心脏。这个山妖和这只可怜的山羊坐在桥边谈论了那么久，于是它就整个变成了……"

童妮娅忽然戏剧性地停了下来，饶有趣味地看着古恩瓦尔德。

"变成了一个头发灰白，留着长胡子的大块头。"

"啊！"古恩瓦尔德叫了出来，威胁似的看着童妮娅，"我知道你要说什么了！"

童妮娅坐在车床上咯咯地笑着。

"那个大块头有一个农场，一个工作间，生活在一个山谷里。他的家离小桥和河边不远。一年又一年，人们忘记了他曾经是一个山妖，觉得他就是一个普通人。只有当他开始拉小提琴的时候，人们才会想起来，他是在云母谷的桥下长大的。"

"你这个小家伙！"古恩瓦尔德说。

童妮娅微笑着。

"于是，这个故事结束了。"

古恩瓦尔德说，这是他听到过的最疯狂和最不可思议的一个故事。但是他非常严肃地问："童妮娅，你怎么会知道我其实是个山妖呢？"

"你现在不是个山妖。你曾经是个山妖。"童妮娅纠正他，"这可不是一回事。"

童妮娅晚上睡觉的时候，看到瞭望台那里的灯亮了起来。小提琴的旋律缓缓地飘荡在云母谷里，童妮娅听到后，觉得很伤感。她双手合十，严肃地祈祷着："亲爱的上帝，请保佑所有经历过不幸的爱情故事的人吧，特别是古恩瓦尔德，他现在正在拉小提琴。阿门！还有，"她继续补充道，"那兄弟俩……唉，算了，不提这两个人了。阿门！"

然后童妮娅就躺下了，但是她睡不着，这几

天的经历让她怎么睡都睡不着。今夜，云母谷的许多人都没有入眠。远处的那座瞭望台上，有一个山妖正在拉小提琴，因为他收到了一封信。河的另一边，童妮娅躺在床上，听着小提琴声，思考着她打的那场架，还有安娜·辛姆曼这个人。此外，山下的露营地里，两个人正躺在床上聊着天儿。

童妮娅不知道，那兄弟俩其实是专门出来找她的。她也不知道和她打了一架的小男孩现在正在露营地里面哭泣着，因为他其实每次都是想和别人说"你好"的，但总是事与愿违，会和别人打上一架。还有，她不知道躺在另外一张床上的男孩正在安慰那个哭鼻子的小男孩，告诉他那场架没有什么，很多人都会打架，而且那场架持续的时间很短，也没有造成什么伤害。

遗憾的是，很多时候，人们什么都不知道。

第8章

童妮娅有了三个新朋友

第二天早上，童妮娅在炉子旁转来转去，海鸥盖尔在一旁叽叽喳喳。

爸爸说："你应该下山去看看。"

童妮娅继续转了一会儿，然后拖着沉重的脚步出门了。

今天，她可以去滑雪，也可以去小锤崖跳雪，还可以去看古恩瓦尔德。今天是星期天，她可以做她想做的任何事儿。但是，她现在脑子里面想的，却是那两个住在哈根健康营地的男孩。她不想想到他们，她觉得这种随随便便就会攻击别人的人是根本就不值得别人想的。

"他们实在是太坏了！"她对着天空大喊，看着天空中的雪花在风中翩翩起舞。

　　但是这两个人却在她的脑海里挥之不去。他们到底是来这里干吗的？他们是怎么到这里来的呢？

　　"真可恶！"童妮娅最后说完这么一句，然后就经过萨丽的家，穿过"神话森林"，径直去露营地了。

　　她刚到营地的门口就一眼看到了那两个男孩。那个"不能随便招惹"的男孩站在一根晾衣绳下，那个小男孩挂在一根铁棍上面，晃来晃去。在童妮娅意识到自己在做什么之前，她已经不由自主地捡起了一团雪，做成雪球，砸向那个小男孩了。她成功了，那个小男孩一下栽到了地上。他迅速地从地上爬起来，握紧了拳头，但是当他看到是谁打的他之后，他立刻定住了。

　　他们三个人就那样站了一会儿。童妮娅，那个小男孩，还有那个"不能随便招惹"的男孩，就那样站在那里。

　　"如果被克劳斯·哈根看到你那样做的话，

他就会用衣架把你挂在上面，让你永远都下不来的。"童妮娅最先开了口。

小男孩慢慢地走过来，很快，他就站在了门口。头巾下，他的一头深色的发看起来非常柔顺。

"我叫童妮娅。"童妮娅自我介绍道。

男孩吸了一口气，告诉童妮娅他叫乌拉。

"我今年八岁了。那是哥哥，他今年十岁。"

他回头望了望还站在晾衣架下的那个男孩。

"他叫什么名字？"童妮娅问。

"哥哥，他叫哥哥。"

"怎么会有人叫'哥哥'呢？"

"为什么不能叫'哥哥'？"乌拉生气地吼道。

"他为什么不过来？"童妮娅接着问。

"他要照顾伊特。"

这时，童妮娅看到了那边的雪堆后面冒出一顶粉红色帽子，帽子后面是那个名叫"哥哥"的男孩。一个小妹妹！童妮娅的心脏激动得快要跳出来

了。在这个世界上，童妮娅有许多想要得到的东西。她想要一个手风琴，一只小兔子，一辆雪地摩托车，一对前后都有装饰的新雪橇，就像她姑妈的雪橇那样。她还希望伊顿姑妈和彼得能够成为情侣，希望露营地被禁止开设，希望世界和平。她还想要桥后面的池塘边能有一张吊床，还想要一张像她班上的同学安德莉亚家里有的那种天蓝色的床。她还希望格陵兰岛上的冰川能够停止融化，这样妈妈就不用那么辛苦了。但是，在这个世界上，她最想要的是：一个小妹妹。

古恩瓦尔德有一次问她："你为什么想要一个小妹妹呢？"

"我可以教育她啊。"

"把她教成一个淘气鬼？"

"是的。"

童妮娅已经被禁止进入哈根健康营地了，但是，她现在毫不畏惧地走了进去。她直接走到那个晾衣架下的男孩那里，向站在雪里的小伊特微微一笑。这个胖乎乎的小女孩看起来只有两三岁。童妮娅冲正在照顾伊特的男孩伸出手，说："我叫童妮娅。"

"哥哥。"男孩回答道，并且认真地和她握了握手。

这个大男孩看起来非常友好。他的一头金色的卷发，让童妮娅想起曾经在萨丽家看到过的《圣经》上的一幅画里的天使。

"欢迎你来到云母谷。"她热情地说道。她打招呼的时候，克劳斯·哈根正在一栋别墅边转悠。

爱尔姑妈曾经告诉过童妮娅，如果她遇到了狗熊，她应该立刻装死，这样狗熊就会离开了，不会攻击她。在其他孩子反应过来前，童妮娅一头栽进了雪堆里。

"童鲁特！"

克劳斯·哈根大吼着。在雪堆里，童妮娅正

在努力地"装死"。虽然她非常想要转过身，大声地告诉克劳斯·哈根，她的名字不是童鲁特，而是童妮娅，并告诉他，如果他再叫错她的名字一次，她就不会这么礼貌地对待他了。但是她还是选择了"装死"。她屏住自己的呼吸。当一个人死了的时候，别人不会对他做什么。

"你快点离开，童鲁特！"

他还是过来了。说真的，童妮娅宁可自己真的是遇到了一头狗熊，而不是克劳斯·哈根。所幸这时前台的电话铃响了，克劳斯·哈根必须去处理。

"赶快给我离开这里！"他一边转身离开一边怒吼道，"这里已经够吵的了！"

童妮娅没有起来，直到伊特用她的小塑料铲戳了戳童妮娅，然后说了声"早上好"，她才一骨碌地站了起来。

"你想不想和我一起去看看古恩瓦尔德？"

"想。"伊特说。

伊特根本就不知道古恩瓦尔德究竟是谁。但是哪儿都比这个健康营地要好得多，谁都比这个气呼呼的男人要好。哥哥回去说了一声他们要去的地方，然后，童妮娅觉得自己就像是一个救世主一样，带领着这伙人走出了大门，离开了露营地。

哥哥牵着伊特的手走在中间，乌拉一边扔着雪球，一边走在路边的雪堤上。

"那个男人很讨厌你吗？"哥哥问道。

"你可以这么说。"童妮娅承认。

"我觉得他也很讨厌我们，他为什么这么生我们的气呢？"

"他希望在我们变成大人之前，天天都在家里待着，哪儿都别去，"童妮娅解释道，"但是不用管他说的话。"她补充说，就像古恩瓦尔德之前告诉过她的那样，她也对他们说了那样的一番话。

"他是你的死敌吗？"乌拉走在雪堤上问道。

童妮娅想了想，说："死敌？嗯，死敌。"

突然，她的脑海中浮现出了一个很可怕的想法：他们会不会是克劳斯·哈根的亲戚？他们竟然能够以小孩子的身份来到这里。

"亲戚？我们才不是呢！你是不是脑子进水了？"乌拉喊道。

哥哥解释说："我们的妈妈是来这里过寒假的，我们其实是应该和爸爸一起去丹麦的。"

乌拉补充说："我们以前住在丹麦，那时爸爸和妈妈还在一起。"

伊特说："丹麦。"

"但是我们临时又不能去爸爸那里了，"哥哥小声说着，"因为出了些事情。因此妈妈不得不带着我们来到这里，虽然这里不让带小孩来。我们必须严格地遵守这里的规矩，表现得很好才行。"

"我们已经尽了全力表现得很好了。"乌拉大喊道，而且特别强调了"全力"这两个字。

然后他突然睁大了双眼，大叫："童妮娅，那里站着一个女间谍！"

　　他的手里正好握着一个做好了的雪球，在童妮娅制止他之前，乌拉已经使劲地把雪球投向了萨丽

家的窗户，正好砸在了玻璃上，砸了个粉碎。童妮娅看见了玻璃后面的盆栽。

当童妮娅一阵旋风似的冲进去的时候，萨丽正从地上站起身来。乌拉跟在童妮娅身后。

"你还好吗？"童妮娅关心地问道，她鞋都没有脱就冲进了屋里。

她身后的地毯上留下了一串脚印。

"你这是和谁在一块啊？"萨丽生气地问道，童妮娅帮她把地上的眼镜捡了起来。

"他叫乌拉，他觉得你是个间谍。"童妮娅说道。

萨丽和乌拉打了招呼，然后问了他许多问题。他告诉萨丽，他从城里来，住在楼房里，今年八岁了。萨丽不停地问啊，问啊。

童妮娅说："外面的雪地里还站着两个人呢，我们要走了。"

"你们想喝点儿果汁吗？"萨丽问。

童妮娅摇了摇头。爱尔姑妈有一次告诉童妮娅，必须很友好地对待萨丽，但是不要喝萨丽给的果汁，因为喝了可能会变得有些疯疯癫癫的。其实萨丽家的果汁也没有什么，可能就是有点浓。

伊顿姑妈说，古恩瓦尔德家的果汁也不是非常好。每到夏末的时候，古恩瓦尔德都会在家里做果汁，童妮娅也会一起做。他把水果煮好，榨汁，品尝，调味，做出了一杯又一杯蓝莓汁、树莓汁，还有一种神秘的红梅汁。童妮娅最喜欢的还是覆盆子汁和醋栗汁。做果汁剩下的果肉可以做成果酱，抹在面包片上吃，童妮娅每次都会吃到把肚子撑成一个排球。能够坐在古恩瓦尔德的厨房里面，吃着带果酱的面包，喝着美味的果汁，这真是天堂一般的享受啊。

"我们可以在古恩瓦尔德那里喝到果汁。"童妮娅一边对着乌拉耳语，一边把他拉出了萨丽家。

古恩瓦尔德正好从木棚中走出来，看到他的小

朋友正走向他家。

"你看我把谁给带来了！"童妮娅大喊，并向古恩瓦尔德使劲挥手，像是一个带着三个客人的马戏团团长。

古恩瓦尔德缓步走来。伊特必须要把头全部仰起来才能看清楚古恩瓦尔德的全貌。

"昨天和童妮娅打架的是哪一个调皮鬼啊？"古恩瓦尔德低沉地说道。

乌拉吓得往后一退。

"是我。"他小声地回答道。

"你总是和刚见面的人打架吗？"古恩瓦尔德问道。

"是的……"

"但是他真的不是故意的。"哥哥忙替他解释。

"我们云母谷里的人只和草地打架。"古恩瓦尔德说。

他说他正等着童妮娅来，而且他准备了一块有大理石花纹的蛋糕。

乌拉、哥哥和伊特从来都没有吃过有大理石花纹的蛋糕，而且他们也没有想到这样的一个人会做蛋糕，所以一开始，他们都默默地围坐在一张非常大的餐桌前，静静地喝着果汁。

"我还要。"伊特把空碗推向桌子，打破了寂静。

乌拉从椅子上站了起来，离开了屋子。

"他可能吃甜的吃多了。"哥哥解释道，他们听到乌拉在另外一间屋子里蹦来蹦去，"妈妈说，我们应该给他买一个像养仓鼠用的那样的轮子，让他在上面跑。这个蛋糕非常好吃！"他补充道。

"甜的吃多了？"古恩瓦尔德不解。他喝了一口咖啡。

童妮娅意识到，他们又要开始雪橇测试了。

第9章

"方向盘雪橇二号"试验顺利进行

这一天，童妮娅出现在了哈根健康营地里，这是件很不容易的事情，因为孩子是很难到那里去的。调皮的乌拉一直都在尽全力让自己安静地待着，他已经憋得耳朵都要冒烟了。周五的时候，他被克劳斯·哈根教训了一顿，那时童妮娅把邮递员给撞飞了。伊特一直觉得很无聊。哥哥照顾着弟弟、妹妹，就像所有的好哥哥那样。

哥哥和乌拉不知道怎么就忽然坐到了一辆带方向盘的雪橇上面，不过，他们现在就像是两个正常过寒假的小孩一样。童妮娅还回家去把伊顿姑妈和爱尔姑妈的头盔取了过来，他们现在看上去就像是真的司机那样。

"速度和自信，这是最重要的！""云母谷的小雷神"向他们解释道，并且和他们一一击掌。

这一天过得真快活！这一天充满了笑声和喊声。古恩瓦尔德事先做了好几个雪橇，他们就在山间自由地穿梭。童妮娅高唱着她的"雪橇之歌"，几乎没有停下来过。

乌拉和哥哥也加入了进来。乌拉也有一副好嗓子，他的声音特别嘹亮。古恩瓦尔德和伊特在旁边一直大喊着"加油，加油"！他们不停地滑着，有时会撞到彼此，有时会摔跤，但是他们没有停下来，一直在尽情地滑雪。他们的身上都湿透了，脸被冻得通红，他们又交换彼此的雪橇接着滑，然后在一起讨论，和彼得的汽车赛跑，向古恩瓦尔德汇报情况，戴紧头盔，接着滑。有一次，乌拉和童妮娅的雪橇撞上了，乌拉被撞得飞了起来，挂在一棵云杉的树枝上。还有一次，哥哥被撞得摔下了雪橇，落到了一坨狗屎上。童妮娅觉得她不能再笑

了。可怜的萨丽，她还站在窗前看着他们玩耍，从中午一直到现在。

当太阳落下斯杜尔峰的时候，一切都归于宁静了。他们一个个都脏得像是泥猴儿。

"全员集合！收队！""指挥官"古恩瓦尔德发令了。

他要给这支"部队"做一顿鹿肉大餐，这实在是太棒了，因为他们现在就像是一只只饥肠辘辘的鬣狗。

每到秋天的时候，爱尔姑妈和伊顿姑妈都会回来去猎鹿。打猎就像是一次冒险，童妮娅是这么觉得的。去年，她从伊顿姑妈那里继承了几件旧的迷彩服，并且和姑妈一起去打猎。

"你现在要保持安静。"伊顿姑妈说。

伊顿姑妈说让人保持安静时，和克劳斯·哈根说让人安静时的感觉完全不同。童妮娅和伊顿姑妈一起坐在一棵大树下，整整三个小时里，一个字都没有说。她们聆听潺潺的流水声，哗哗的树叶声。没过多久，她们的身上就被一片片金色和红色的树叶披上了一件美丽的衣服。空气特别清新，天空也格外澄澈。童妮娅觉得那是她人生中最美好的时光之一。伊顿姑妈手里握着来复枪，静静地等待着猎物出现。她偶尔会看看童妮娅，冲她笑笑。在那一刻，童妮娅又想起了她的愿望：有一个小妹妹。她也可以像这样，带着她一起出来打猎，坐在一棵大树下，好好地照顾她。

　　林间终于出现了一头鹿。那是一头非常高大、美丽的鹿，它出现在一片阳光中。在伊顿姑妈开枪的那一刻，童妮娅屏住了呼吸。一切都发生得太快了，她还没有反应过来，这一场打猎就结束了。那声枪响是童妮娅有生以来听到过的最大的声音，那头鹿一下就死了。

　　"它有四岁大了，你看！"伊顿姑妈说，她告诉童妮娅怎么通过鹿角来判断一头鹿的年龄。

童妮娅轻轻地拍了拍那头鹿，伊顿姑妈拿出了匕首。童妮娅想着，这头鹿可能一生从来都没有离开过这片森林，或许它有孩子。有那么一瞬间，童妮娅觉得非常悲伤。

爱尔姑妈从林子的那一边过来了。

"哈哈！我们可以让古恩瓦尔德给我们做美味的鹿肉大餐啦！"她高兴地喊着。

古恩瓦尔德做的鹿肉非常好吃，他的手艺都传到巴尔克维卡去了。现在，彼得在窗边喝咖啡，伊特在沙发上睡觉，古恩瓦尔德用黄油在一口大锅里炖着鹿肉。童妮娅取来装着杜松子的盒子，让乌拉用擀面杖把一些杜松子给碾碎。他们用碾碎了的杜松子和胡椒粉一起腌制新鲜的鹿肉。

"闻起来实在是太香了。"乌拉说，让他这样子等待实在是痛苦。只能看着，现在还吃不了，真让人难以忍受，但是他只能等待。哥哥在准备米饭。古恩瓦尔德把鹿肉放进一个大盘子里，加上一些洋葱、鲜奶油、蘑菇、羊奶奶酪、盐、越橘，还有适量的水。古恩瓦尔德把这些东西均匀地混合在一起，不时地尝尝味道，偶尔嘟囔几句，就像他平时做饭那样，然后开始制作酱汁。

乌拉突然说："我爸爸也会做鹿肉。"

"啊？"

古恩瓦尔德把酱汁加进鹿肉里面，没有尝一下。

"他不会做。"哥哥在古恩瓦尔德的另一边说道。

"他会！"乌拉坚持道。

"乌拉，爸爸不会做鹿肉，他是个笨蛋。"哥哥的声音听起来有些哽咽。

"你把这句话收回！"乌拉大吼。

但是哥哥不想。

"爸爸是个大笨蛋。他根本就不会做鹿肉，他从来也不给我们打电话，他……"

"我过生日的时候他打电话来了！"小乌拉气得脸都涨红了，看起来就像是要爆炸了一样。

"他是在你生日过去了一个月之后才打的电话！"现在，哥哥也开始大喊了，"他已经不关心我们了！如果他真的关心我们的话，我们根本就不会来到这个糟糕的露营地，我们现在应该待在丹麦！他总是说那样不合适，他从来都不来看我们，他也从来都没有给我们写过一封信，他……"

这一刻，乌拉和哥哥都没有意识到，厨房里面还有别人在。乌拉抓起一把勺子，把它狠狠地摔在了墙上，酱汁溅得到处都是。

"你是个大坏蛋！"他一边吼着，一边飞快地冲出了屋子。

他摔门而去，整个房子似乎都在颤抖。

童妮娅坐在餐桌旁的椅子上，等着古恩瓦尔德来收拾残局，但是古恩瓦尔德一言不发，安静得就像是一块大石头。

哥哥先打破了这个僵局："对不起。"

古恩瓦尔德是不是应该说点什么？难道古恩瓦

尔德不应该和哥哥说没有关系吗？然后去把乌拉找回来？童妮娅还坐在椅子上，她意识到，古恩瓦尔德什么都不打算做。

于是童妮娅安慰了哥哥，彼得到外面去找乌拉，他在一个棉花包后面找到了他。之后，伊特睡醒了，她的一句"早上好！"让大家都重新露出了笑容。古恩瓦尔德只是默默地做好鹿肉，然后给每个人都盛上饭。

古恩瓦尔德和谁都没有说话。所有人都保持安静，只有伊特在说话。

"帮我。"她对彼得说，让他帮她把鹿肉切得小一些，方便她吃。

童妮娅不时偷偷地看看那兄弟俩。他们的眼睛都红红的，而且还有一个笨蛋爸爸。她也不时地打量古恩瓦尔德，他还是沉默着。等大家都把饭吃完后，还是一片沉默。童妮娅爬到沙发上，把古恩瓦尔德挂在墙上的小提琴取了下来。她把小提琴塞进

古恩瓦尔德的手里，然后她站到椅子上，开始认真地唱起那首仿佛只有她会唱的歌。

　　"蓝人啊，蓝人啊，我的老山羊。
　　想想你的小男孩吧！
　　狗熊身上披着柔软的皮毛，
　　你可不要晚归啊。"

童妮娅的歌声飞出屋外，回荡在云母谷的山间。

　　"勇敢的人啊，
　　你回家如此之晚，
　　不要这样，外面有危险。"

　　一位女士正走在去古恩瓦尔德家的路上，她听到了这段歌曲。她小心地走上屋子的台阶，当她抬起手准备敲门的时候，歌曲的第三段从屋里传了出来：

"你现在十分需要我，

或许你正感到绝望，

来和我一起跳舞吧，

我真的非常希望你和我在一起。"

那位女士停住了，没有敲门，她听着最后的这几段歌曲。小提琴的旋律中充满了温暖的感觉，她从来没有听到过这么美丽的音乐。当听到古恩瓦尔德的演奏时，人们都会有这样的感觉。她静静地站在那里。童妮娅唱到最后一段了，她总会把最后一段唱得有些糟，因为这段歌词有些伤感。

"蓝人啊，蓝人，现在请回答我，

低声地说出你的谎言，

我的蓝人啊，

请你离开我吧。"

"唱得真好。"那位女士称赞道。

在大家发觉之前，她已经走进了厨房里。古恩瓦尔德、童妮娅和彼得从来没有见过她，但是乌拉、哥哥，还有伊特都认识她。

"妈妈！"乌拉高兴地大喊，"我们做了鹿肉！"

有的时候，你会遇到一些你一眼就会喜欢上的人。这位母亲就是这样的一个人。她有一双亲切的眼睛，虽然她看上去非常疲惫，但是她的微笑温暖了整间厨房。乌拉和哥哥争先恐后地和她讲述着他们滑雪的事情，彼得给她找了一把椅子，请她坐下，古恩瓦尔德拿出一个新盘子，为她盛上鹿肉。突然间，童妮娅心里特别地想念自己的妈妈，她甚至想要紧紧地坐在那位女士的身边，弄清楚为什么会这样。但她没有，她只是微笑着坐在原地看着她。

这是美好的一夜。古恩瓦尔德把炉火烧得很旺，屋子里温暖极了。童妮娅去古恩瓦尔德的工作间找来了鲁逗（一种骰子游戏），他们俩从去年就开始玩这个游戏了，到现在还没有玩完。她把盘子摆在地上，找来和盘子一样大的餐巾。古恩瓦尔德又拉了一会儿他的小提琴，他们玩得忘记了时间。最后，大家都和古恩瓦尔德的大手紧紧地握了握，感谢他的晚餐和音乐，然后彼得开车把这一家人送回了山下。

他们离开后，屋子里一下子安静了下来。童妮娅开始穿外套，然后她转过身面对着古恩瓦尔德。

"竟然会有只在小孩子过生日的时候才打电话来的爸爸。"童妮娅把帽子紧紧地戴在头上，她一想到这件事情就生气。

"我们一定要让他们过一个最愉快的寒假，古恩瓦尔德。"她一边说一边打开门。

"古恩瓦尔德？"

"嗯？"

"幸亏你还有我！"

童妮娅走后，古恩瓦尔德在漆黑的厨房里站了

很久。他的耳边响起了哥哥那痛苦的声音，述说着一个几乎从来都不打电话，从来都不写信给孩子的爸爸。在古恩瓦尔德那颗"山妖"的心脏里，他反复思索着那个他从来没有见过的、住在丹麦的爸爸是一个什么样的人。过了一会儿，他拖着沉重的脚步走向书架，拿出了一封棕色的信。

古恩瓦尔德已经把这封信读了许多遍了，信纸的边缘都卷了起来。现在，他又读了一遍，他没有回信，他从来都不写信。

第 10 章

在游轮上面滑雪橇

格里姆达尔家的女儿们有许多故事，特别是关于爱尔姑妈和伊顿姑妈的。奥斯卡·格里姆达尔是童妮娅的祖父，他不喜欢这些故事。他是一个非常保守的人，曾经是一所学校的校长，现在退休了。他特别不喜欢听到别人在商店里谈论有关他女儿们的故事，但是人们总是这么做。人们经常聚在一起聊天："你看见奥斯卡的那一对双胞胎女儿了吗？她们正坐在一个浴缸里面，在上面划船呢！"诸如此类。人们会因为这些故事哈哈大笑。这个在浴缸里划船的故事是最有名的，当然像这样的故事还有很多。姑妈们搬走后，童妮娅就变成了这些故事的主角。

今天是星期一，当我们"云母谷的小雷神"起

床后，她丝毫都没有意识到，今天将成为载入她人生史册的一天。如果她能够提前知晓的话，那么她也不会让它变得这么传奇了。

童妮娅对爸爸说："我要去露营地！"

外面已经开始变得暖和一些了。她深深地呼吸着新鲜的空气，空气中有云杉树的味道。这样的日子被童妮娅称为"钻石日"。穿过"神话森林"的时候，她哼着小曲儿，路面有些滑，好几次她都差点摔倒。今天萨丽可要格外小心，出门的时候不要摔断了她的脖子啊。

不过，走到哈根健康营地外的时候，路面就变得一点儿都不滑了，因为克劳斯·哈根在他营地外的路面上铺满了沙砾。正是这样一条铺满沙砾的道路，让人不能在上面滑雪橇。

童妮娅嘟囔着："他其实应该让营地的门开得更大一些。"

不过她很快就忘了这件事，因为，她马上就能见到她的朋友们了！

她站在大门外，营地的一位工作人员看见了她，问："你是不是来找那几个孩子的？"

童妮娅点点头。

这位工作人员说："他们已经走了。走了有一会儿了。"

"但是……"童妮娅吃了一惊，"他们昨天没有说过要走啊？"

那位工作人员礼貌性地笑了笑。

"我真的不敢相信，他们走了。"

童妮娅探出身子向营地里面望去，克劳斯·哈根正站在前台。他一看见童妮娅，就转身走了过来。哦，不！童妮娅不得不和他面对面地站着，说得更准确一些，是童妮娅面对他的肚子站着。因为和克劳斯·哈根比起来，童妮娅实在是太矮小了，她只到他的肚子那么高。

"你是来抱怨我门口的沙砾路的吗？"他问

道。他不知道童妮娅现在一点儿都不关心他的沙砾路。

"你是不是把他们给赶出去了？"

童妮娅的声音听起来让人心碎。

"这里不允许小孩子来。我给过他们机会，但是他们把这个机会给搞砸了，"他说道，"他们昨天一整天都没有消停过，而且竟然在这里滑雪吵闹。这里需要的是安静。"

克劳斯·哈根等着童妮娅爆发，他等着童妮娅冲他大吼大叫，或者向他丢东西，等着她做出一些能够让他继续讨厌她的事情。但是，童妮娅并没有这样做，她做了一件更让他无法忍受的事情：她什么也没有做。

克劳斯·哈根不得不目送着童妮娅，看着她拖着沉重的步伐离开。他看着童妮娅脱下她的手套，抹了抹眼睛，那个工作人员用手安慰地拍了拍她的脸颊。最后，他看着童妮娅走出大门口，默默地走上大路，驼着背。是的，克劳斯·哈根本来以为自己会看见一个愤怒的孩子，却只看到这样一个心碎的孩子离去。今天，克劳斯·哈根突然觉得自己像是玻璃窗上的一团污渍。

今天不再是"钻石日"了。童妮娅穿过"神话森林"的时候一直在强忍着不哭出来。等童妮娅来到古恩瓦尔德家的时候，她看见车库空了。她知道，古恩瓦尔德是去山下买烟了。童妮娅掸了掸鞋面上的雪，走进了厨房。周围一片寂静，她听见古恩瓦尔德家里的时钟在嘀嗒嘀嗒地响。现在是十点四十六分。童妮娅坐在摇椅里，慢慢地晃动着。突然，童妮娅一下从椅子上面跳了起来。差十四分钟到十一点！这也就意味着，还有十四分钟船就开了。也就是说，现在乌拉、哥哥、伊特，还有他们的妈妈正在码头等待开船。童妮娅意识到自己必须去和他们道别。

但是，只有十四分钟了！她现在需要一辆车带

她过去。她该怎么办？古恩瓦尔德又不在，她要怎么赶过去呢？

"我必须去找爸爸！"

但是，不行，就算爸爸可以开车带她过去，十四分钟之内也到不了码头啊，而且她还要先回家。童妮娅想都没有想，就冲进了古恩瓦尔德的工作间，取出了那辆用最好的材料做成的"超级雪橇"。

这一刻，今天的传奇开始上演了。

童妮娅滑得如同一道闪电。她飞速地穿过小桥，经过小河。经过了那次试滑，她已经成长为了一名优秀的滑雪者，现在还不只是这样：雪橇是新打磨过的，道路很光滑，且畅通无阻，还有，滑雪的人毫无畏惧之心。童妮娅滑得如此之快，在她经过萨丽家的时候，萨丽的心都没来得及感到害怕，她就已经飞了过去。

除了风在耳边的呼啸声，还有雪橇与地面摩擦发出的咝咝的声音，童妮娅什么都听不见。但是，当她快要接近克劳斯·哈根的露营地的时候，她该怎么办呢？这辆雪橇上面没有刹车装置，过那些沙砾时该怎么办？她滑不过去的！完蛋了！

她不知道自己为什么没有停下来，她一定是疯了。她依然把身体向前倾，眯起了双眼。速度和自信！雪橇滑得更快了。她冲上了沙砾路。童妮娅使劲向左偏，试着滑到路边的雪堤上。当雪橇滑在沙砾上面的时候发出了可怕的声响，但是，因为童妮娅让雪橇偏到了一边，所以，雪橇和路面接触的面积并不大，她成功地滑过了这一段路。她做到了！

她继续全速滑行，经过了彼得。彼得手里拿着对讲机，站在路边。童妮娅和她的"超级雪橇"来到了一片新的天地，这里有一个上坡，从来没有人滑着雪橇翻越过这里。童妮娅不知道现在几点了，她把身子更向前倾了倾，眯起了眼睛。雪橇速度变慢了。

"加油！"她喊道，"我一定要赶上那班船！"

她看见下坡了。这简直就是奇迹！童妮娅的心里除了向前冲，什么都没有想。

她终于来到山下的镇子里面了。她现在应该停下来了，但是她没有。她要一直冲到海边去！她经过了泰奥的美发店，商店，还有那间关了门的小卖部……终于，到码头了。

这时，童妮娅的脑子里啪地响了一声，她该停下了。停车！"云母谷的小雷神"用尽全力伸出双腿，试图让雪橇停下来，但是，一切都太晚了，她一直对着码头全速冲去。

如果童妮娅不是那么孩子气的话，那么她就应该像所有小孩都知道的那样：这种时候，他们应该跳出雪橇。但是，童妮娅动不了了，因为她的夹克挂在了雪橇的一边，怎么扯也扯不下来。童妮娅继续试图减速。她现在已经快滑到峡湾了，如果还是停不下来的话，或者是不跳出这辆雪橇，那么迎接她的，将会是云母谷峡湾里冰冷的海水。

"救命啊！"童妮娅大声喊道，她浑身都在颤抖。她的鞋在地面上一直摩擦着，她似乎闻到了塑料烧焦的味道。她要滑进海里去了！

这时，她突然想到了一个方向。游轮的船头一般都会有一个门，那里会有一个登船的甲板。现在应该还不到十一点，船员应该还没有关上那条通道。童妮娅变换了雪橇滑行的方向。

"让开！"她对两边登船的旅客大喊着，然后冲进了船上的甲板。

人群立刻向两边散开。雪橇上的雪已经开始融化了。童妮娅·格里姆达尔害怕而又紧张地滑进了舷梯，眼睛半闭着，她的身后留下了长长的雪橇的痕迹。船上的一群游客惊恐地看着这辆飞驰而来的雪橇，还有这辆雪橇上的小姑娘。然后，一片死寂。童妮娅的心脏跳得飞快，就像是一只快速奔跑着的仓鼠。她唯一能做的，就是长舒了一口气。

这个周一的上午，当人们发现"云母谷的小

雷神"驾着古恩瓦尔德给她做的新雪橇，一直从山
里滑到了海边后，码头上引起了一阵骚乱。泰奥放
下了手中的烫发器，勇·马特罗斯解开了他的检票
包，旅客们也围了过来，对了，还有尼尔斯，摇着
他的轮椅也跑到码头这里来了。但是乌拉、哥哥、
伊特，还有他们的妈妈，带着行李站在最外面，于
是，童妮娅没有心情向人们讲述这一切，而是走向
了乌拉他们。

"哈根健康营地不是一个适合我们待的地方。"
这位母亲对睁着一双悲伤眼睛的滑雪者说道。正当
童妮娅想要张开嘴说些挽留他们的话时，她忽然听
到了身后传来古恩瓦尔德的声音："这里发生了什
么事？"他问道。

乌拉大喊："童妮娅从山里滑到了海边！"

古恩瓦尔德一把抱起童妮娅，直视着她的眼
睛。"是真的吗？"他问。

童妮娅点了点头。

"但是亲爱的童妮娅，你这个小家伙，你怎么
看上去不高兴呢？为什么不笑一笑呢？"他问道。

然后，他看见了那一家人的行李箱。

克劳斯·哈根也赶了过来。不知道古恩瓦尔德
对克劳斯·哈根说了些什么，但是一定不是什么客
气的话。

"我们要反击。"他喃喃自语。

然后他看着童妮娅的眼睛。"童妮娅，不要闷

闷不乐的。我们也可以建一个露营地。"

古恩瓦尔德邀请那一家人在他家过寒假，免费住在他家里。他家有七间空房，童妮娅也知道。古恩瓦尔德的祖父在建好了那座瞭望台后没有停止建造屋子，他的余生也一直在建屋子。最后，他们家变得像一个旅馆一样大。

童妮娅说："这里地方足够大，放心！"

当然，费了好大的劲才把乌拉、哥哥、伊特，还有他们的妈妈说服，让他们住下来。是古恩瓦尔德的善良打动了他们，还有，住在这里是件非常舒服的事情，而且，古恩瓦尔德说，他觉得童妮娅应该放松一下，因为她需要常常陪着他这个"老朋友"。

过去，童妮娅还不确定古恩瓦尔德是不是这个世界上她最好的朋友，但她现在对这一点确信不疑。

"要是没有你的话，我该怎么办呢？"她冲他笑笑。

余下的寒假时光，云母谷里充满了欢乐。这里

有新朋友、雪橇、篝火、美味佳肴、吵闹声和小提
琴的演奏。

但是，有个人没有一直沉浸在这种欢乐里，那就
是古恩瓦尔德。每天晚上，大家都睡着后，他会一
个人握着一封信，坐在厨房里。每天晚上，他都要
写一封回信，但是第二天一早，他又会把信撕掉，
扔进垃圾箱。他痛苦地用手扯自己灰白的头发。

每天早上，他都会痛苦地念叨着一个名字：
海蒂[①]。

这个名字回荡在寂寞的空气中。近三十年都没
有人提到过这个名字了。

[①] 在云母谷里有一个秘密的地方。你必须沿着小河，经过古
恩瓦尔德的农场，一直往前，走到比云母谷的夏季牧草场还
要远一点儿的地方。但是，如果没有人带你来的话，你自己
是永远都找不到的。云母谷里的人不知道这个地方，甚至连
童妮娅也不知道。这里已经有三十年都没有人来过了。
在远离云母谷的一座城市里，有个人每天都在思念着这个地
方，每一天。这个人就是海蒂。

第11章

"咖啡壶"惨案

快到三月了。阳光照耀的小山坡上面，积雪正在融化着。寒假的客人们都回去了，他们许诺说，复活节的时候会再回来。每一天，日照的时间都会变得更长一些，空气中也会飘着一些春天的味道，人们的心情都变得很好，想要出去活动活动。但是，不是所有人都这样想，古恩瓦尔德就不是这样。他像是永远待在冬季，生活一片阴霾。

童妮娅来他家看他，他正坐在家里，望着窗外。

"你在想什么呢？"童妮娅问道。

"没什么。"古恩瓦尔德说。

有一天，童妮娅没有敲门就进了厨房，她看见古恩瓦尔德在餐桌上面放了几张照片。童妮娅一走进来，他就把照片全都收起来了。

"那是什么照片啊？"童妮娅问道。

"没什么。"古恩瓦尔德说。

又有一天，古恩瓦尔德正在看一本绿色的书，童妮娅一进来，他就把书塞进了桌子下面。

"那是本什么书啊？"童妮娅问。

"没什么。"古恩瓦尔德又说。

"我觉得古恩瓦尔德正一天天地老去，爸爸。"童妮娅对爸爸说。她的声音充满了悲伤。看着她最好的朋友一天天老去可不是什么有意思的事情。

"嗯。"爸爸说。

童妮娅突然跳起来，惊得海鸥盖尔嘎嘎大叫。

"以后云母谷里的人都不许用'没什么'和'嗯'来回答别人的问题！"

这一天，童妮娅一边在路上走着，一边在想，该用什么方法让她的好朋友变得高兴起来。

她今天拿出了自行车，准备在新的一年里第一

次骑车。海鸥盖尔高兴地在一旁嘎嘎地叫。当年他们教海鸥盖尔学习飞翔的时候，就是用的童妮娅的自行车头盔。他们把它放在童妮娅的头盔上面，然后童妮娅飞快地骑车，借着风力，盖尔就飞了起来。但是，当一只海鸥学会了做一件事之后，它每一次都会那么做。从此之后，每当童妮娅骑自行车的时候，它都会兴奋地大叫。现在，它已经不是一只小海鸥宝宝了。

"你现在胖得就像一只怀了孕的海鸥，盖尔，自己飞！"童妮娅冲它嚷嚷着。

但是海鸥盖尔还是跳了上来，稳稳地站在童妮娅的头盔上。

古恩瓦尔德看见海鸥盖尔和童妮娅从远处向他家移动过来。

童妮娅解释着说："它是在孵蛋呢，盖尔把许多点子从我的脑袋里'孵'出来了。"

"嗯，"古恩瓦尔德打趣道，"也许你的海鸥能从你的脑袋里孵出一个好主意，帮我把格拉蒂托赶到夏季畜棚那里而使我不受到伤害。行吗？"

格拉蒂托是古恩瓦尔德养的一头山羊。他去年在巴尔克维卡买的，从那以后，这头山羊就没有让他消停过。

"这头山羊是我这辈子买过的最糟糕的牲畜。"当古恩瓦尔德最终把刚买回来的格拉蒂托给赶进畜棚后，他叹气道。那一次，爸爸和姑妈们都来帮忙了。

现在，格拉蒂托要从牲畜棚里出来了，因为那里的母羊快要分娩了，所以需要给母羊腾出些地方来。童妮娅问古恩瓦尔德需不需要去找她爸爸过来，因为她觉得有必要像上次把它给弄进去那样，再把它给弄出来。

"不用，"古恩瓦尔德说，"我这次一定要亲自把我的这头牲畜给弄出来。现在我要先去喝点咖啡。"

他走了进去。

童妮娅坐在那里，盯着夏季畜棚。格拉蒂托应该这样想：我要给自己换个大一点儿的住处，在这个拥挤的小地方，听着这些快要分娩的母羊乱糟糟的声音可真烦心啊。一头聪明的牲畜应该这样想才对啊。

"这个理由够充分吗？"童妮娅自言自语道。

古恩瓦尔德的牲畜棚里面吵吵闹闹的，但是，羊儿在这里过得很舒服。童妮娅和几头羊打了个照面，然后拿了一个铁桶，里面放了一些牛奶，走向格拉蒂托。黑暗中，它的眼睛发出绿幽幽的光，它有一个特别大的脑袋。为了看清童妮娅，它走近了一些，这样，它的脑袋看起来就更大了。

"嘎嘎。"海鸥盖尔在身后大叫。

"闭嘴！你会把它惹怒的！"童妮娅尽量压低自己的声音，然后转向格拉蒂托，"看这里，你这头疯羊，外面阳光灿烂，那边有间特别为你布置过的房间，可棒了，去看看吧！"

她用颤抖的双手把棚子的门打开，边走边晃着手里的铁桶。格拉蒂托听到她手中的声响，一步一步地跟着她走了过来。童妮娅在它身后把棚子的门关上，接着引着它向外面的春天里走去。可怜的格拉蒂托，它已经很久都没有见过太阳了，它站在棚子的门口，眯着眼睛看着天空。童妮娅使劲摇了摇手里的铁桶，吸引它的注意力，让它跟着她走。

她对自己的所作所为感到非常满意，格拉蒂托

就像一只温驯的小羊羔似的跟着她。

"这个小姑娘对付动物很有一套。"童妮娅高兴地对海鸥盖尔说道，它正站在木桩上。

但是，事情没有按照童妮娅的计划发展下去。还没等童妮娅打开牧场的门，格拉蒂托就突然朝她冲了过来，差点把她给撞倒。一切都乱套了！

"天啊！"童妮娅边说边开始跑。

这头牲畜开始向童妮娅进攻了。童妮娅意识到，如果不想受伤的话，她就必须万分小心。她满头红发在风中不停地舞蹈，童妮娅被格拉蒂托追得满地乱跑。

"牛奶桶！"童妮娅对自己喊道。

她真是个笨蛋。她刚刚一紧张，把牛奶桶给扔了。格拉蒂托需要一个东西来吸引它的注意力。现在，它的注意力全都集中在童妮娅身上了。或许它像斗牛场上的公牛一样，喜欢追着红颜色的东西跑。

童妮娅的祖母有一次对她说："你的头发红得

就像是映着夕阳的谷仓大门。"

那时，童妮娅觉得这是她听到过的世界上最好的赞美了。但是现在，她真希望自己的头发是灰色的，或者是棕色的，就算是一头白发也行啊。

离她几步之外有一块大石头，童妮娅以最快的速度冲向了那里，身后跟着一头疯狂的公羊。

古恩瓦尔德怎么会买这么一头羊呢？想想吧，这头羊将会是其他小羊的爸爸，他以后会有多少头疯羊啊！

童妮娅夹紧双腿继续跑，一刻都没有停下来。她跑到了夏季畜棚的前面，然后往棚子顶上爬。牲畜可以做许多事情，但是它们几乎都不能攀爬。伊顿姑妈曾经说过，童妮娅比其他人都像只猴子，特别擅长攀爬。她双手扒着棚顶，双腿在外面晃着。格拉蒂托试图去撞她，但是她使劲爬上了屋顶。

她得救了。

海鸥盖尔飞到她身边。下面是一头愤怒的公

111

羊，用力地用脚刨着地。童妮娅使劲往更高的地方挪了挪，然后她用尽全力大喊："古恩瓦尔德！"声音回荡在春季的云母谷间。

"你到底是怎么上去的？"古恩瓦尔德生气地问道。童妮娅看着下面的那头牲畜，她知道古恩瓦尔德生气了。他说是她自己把自己弄到这般田地的，所以她就只能这样待着，或许过一会儿格拉蒂托就会烦了，然后自己走进夏季畜棚里面的。那时童妮娅就可以爬下来，然后把棚门关上。

"不！"童妮娅大喊，"万一它永远都不会烦呢！你必须到这里来，把它给引开。"

"我看起来像是有一头红发能把它给引开的人吗？"古恩瓦尔德生气地把咖啡壶放在了楼梯上，然后转身进屋了。

"古恩瓦尔德！"

难道他就让她一直在这里坐着吗？如果古恩瓦尔德是个小气鬼，或者曾经做过什么坏事的话，他可能会这样，但是童妮娅知道他不是这种人。可是，难道他会让他最好的朋友，就这样坐在屋顶上，下面还有一头危险而凶狠的动物等着攻击她吗？

当古恩瓦尔德从屋子里走出来的时候，童妮娅正在下定决心，这辈子再也不来找他玩了。他手里拿着一块她一眼就能认出来的桌布，那块桌布是她亲手给他缝制的，上面绣满了黑嘴鸟，还有圣诞树。

"童妮娅，你一定要做这么大的一块桌布吗？"达格尼老师问童妮娅，为何她会在二月份的时候做一块巨大无比的圣诞桌布。

"是的，因为古恩瓦尔德有一张特别大的桌子。"童妮娅这么说道。

古恩瓦尔德很喜欢这块桌布，就和童妮娅想的一样。接下来，古恩瓦尔德把它展开了。

童妮娅知道他要做什么了。

他一边向牧场走去，一边用一只手抖动着桌布，远远看去，他就像是一名将军。

"看这里！"古恩瓦尔德一边喊着，一边弯下腰。

格拉蒂托立刻就把注意力从童妮娅那里转开了。

这一天，云母谷里上演了一场"斗牛"表演。对决的双方是一个手里没有任何武器的老人，和一头来自巴尔克维卡的山羊。古恩瓦尔德优雅地舞动着那块圣诞桌布，让人以为他曾经真的做过一名斗牛士。格拉蒂托一次又一次地冲向那块桌布，那个"斗牛士"时不时得意地望望童妮娅。这场比赛实在是太精彩了。

但是，古恩瓦尔德渐渐落了下风。格拉蒂托瞄得越来越准了，几乎快要撞上古恩瓦尔德了。古恩瓦尔德最后把桌布放在了自己的身后。

"来吧！"他有些悲壮地大喊。

"古恩瓦尔德，到这里来！"童妮娅使劲朝他挥手，但是古恩瓦尔德只是握紧了自己的拳头。

"现在，我要把这头疯狂的牲畜给关进去，拼了老命也要把它给关进去！"他一边大喊，一边向打开的大门移动。

之后，勇敢的古恩瓦尔德就和那头疯狂的公羊一起冲进了夏季牲畜棚。海鸥盖尔像一台滑翔机似的冲下了屋顶。

一秒钟后，门里响起了一阵吵闹声。童妮娅紧张地向下张望。

"古恩瓦尔德，你怎么样了？"她小心地问道。

他走出来，用桌布擦了擦额头上的汗水，说："这是我最后一次在巴尔克维卡买东西了。"然后他让童妮娅扶着他的肩膀从屋顶上爬了下来。

没有人会相信接下来发生的事情的，但是，它还是发生了。就在刚刚，古恩瓦尔德毫发无损地完成了一场伟大的"战役"，而现在，他竟然被一个小小的咖啡壶给绊倒了。童妮娅赶快冲过来看看古恩瓦尔德怎么样了。他忘记他把咖啡壶放在了台阶上，一脚踩了下去，失去平衡，重重地摔在了地上。他这一跤摔得可不轻，腿给摔断了。

第 12 章

古恩瓦尔德有"医院恐惧症"

今天天气很好。人们纷纷把自家的窗户打开，迎接春天的到来。群山在阳光下闪耀，积雪开始融化。或许你会觉得不可思议，在这么美好的日子里却发生了一些不好的事情。

但是事情就是这样。云母谷里，一个老人正躺在他家的石台阶旁，他最好的朋友坐在他身边，不安地看着山谷外。

"古恩瓦尔德，如果你死了，我也会一起死的。"童妮娅说。

她伤心得几乎要哭出来了，但是她没有哭。因为她知道，这样会让古恩瓦尔德更害怕的。可怜的老人家。

童妮娅已经做了达格尼老师教她的所有有关遇

到事故时能够做的事。她打电话叫了救护车，拿来一条羊毛毯盖在古恩瓦尔德的身上。所幸，古恩瓦尔德还没有晕过去。他实在是太高大了，如果她想把他的身体放平，必须要用运货马车才行。

她安慰着说："你不会有事的。"但是，这番话连她自己都无法相信。

他看起来很糟。古恩瓦尔德的脸色苍白，一句话都没有说。

但是当救护车终于到了的时候，古恩瓦尔德突然开口了，而且非常激动。他变得像愤怒的格拉蒂托一样，冲着救护人员大吼大叫，说他绝对不会去什么医院那样的鬼地方的！他宁愿自己躺在这里，和他的台阶待在一起，然后平静地死去。

可怜的救护人员。

童妮娅坚决地说："你不能死在这里，我会和你一起去医院的。"

于是古恩瓦尔德闭上了嘴，紧紧地握住了童妮

娅的手，他握得那么紧，童妮娅都觉得疼了。

"小朋友，你不用回家吗？"救护人员问道。

童妮娅摇了摇头。救护人员看了看古恩瓦尔德紧握着童妮娅的手，如果想要把他们的手分开，必须要用锯子才可以。

"那你就一起来吧。"

但是当童妮娅和古恩瓦尔德一块进入救护车的时候，古恩瓦尔德突然放开了她的手："童妮娅，"他挣扎着说，"我必须带着我的信，那封信，它在书架上。"

童妮娅没有问他这句话的意思，虽然她一个冬天都没有再听到过那封信的事，但是她知道古恩瓦尔德指的是哪封信，是那封写着安娜·辛姆曼去世了的信。她冲进屋子里，很快就在书架上找到了那封信。但是，当她看到那封信的时候，她吃了一惊：信封已经被磨破了。看来那封信古恩瓦尔德已经看过无数次了。童妮娅抓起那封信，然后飞奔出了屋子。

他们坐着车，一直来到了城里面，到了医院。

这是艰难的一天。古恩瓦尔德怀疑他要死了。医生和护士一直在忙碌着，互相小声说着话。童妮娅从来都没有这样被人忽视过。最后，她抓住一名医生的衣角，让他停下来，以便能够问他几句话。

"古恩瓦尔德会死吗？"她突兀地问道。

这名医生有些吃惊地看着她，"当然不会了。"

"你能向我保证吗？"

医生向她保证了。为了让她安心，他以最古老的方式认认真真地向她承诺，古恩瓦尔德绝对不会死。

古恩瓦尔德当然不会死，但是，想要向一个死都不愿意到医院里面来的老人解释这一切，真的是太难了。童妮娅握着他的手，安慰他，但是有的时候她又觉得很生气。

"你现在不许大吼大叫了！要不然我就把你送去

回收！"一次，童妮娅大声说道，"这样一来，他们就能把你变成一个新的、快乐的古恩瓦尔德了！"

当爸爸出现在病房门口的时候，童妮娅立刻冲到了他怀里。可怜的爸爸，他以为是童妮娅受伤了。当他从商店里回来的时候，萨丽站在路边冲他摆手。她结结巴巴地讲述了她看到古恩瓦尔德和童妮娅在牧场发生的事情，后来看到来了一辆救护车。

"童妮娅，"萨丽把手放在胸前激动地说，"她可能有生命危险！"

现在，爸爸把童妮娅抱在怀里："童妮娅，你真是个好孩子。"他说道。

忽然之间，一切都变了。医生们向他解释发生了什么，耐心地回答了爸爸提出的一切问题。他们说，古恩瓦尔德的大腿严重骨折，他晚上必须在医院接受手术。他的脚踝也摔断了，但是现在还不能做手术，必须要等几天。

"我要回家。"古恩瓦尔德不满地叫唤着。

他现在安静下来了，他们给他打了一针镇静剂。他还不能回家，他必须在医院里待上一段时间。首先，他要接受大腿的手术，然后是脚踝的手术，最后，他还要在医院里好好锻炼，直到他能下床走路。

"在这里待着，我会死的。"古恩瓦尔德说。

"我也会，"童妮娅悲伤地嘟囔着，"我会无聊死的。"

第 13 章

古恩瓦尔德给童妮娅布置了一件重要的任务

现在，有双倍的事情需要童妮娅和爸爸去做了。再过一段时间，就是牲畜的分娩期了，他们不光要照顾自己家的牲畜，还要照顾古恩瓦尔德家的。幸亏云母谷里面有很多人可以帮助他们。彼得说，他可以照顾那些小羊羔。童妮娅打电话告诉古恩瓦尔德，一切都很好，没有问题。但是古恩瓦尔德不相信，他觉得自己要死了。

"你别乱说了。"童妮娅还向他保证会好好照顾古恩达的。

第二天放学，童妮娅下了校车后，就翻过小山坡去古恩瓦尔德家，而不是先回自己家。她为古恩达准备好猫粮，然后坐在摇椅里，看着它吃饭。

时钟嘀嗒嘀嗒地响着，童妮娅坐在摇椅里慢慢地摇着。没有古恩瓦尔德在，她总觉得有些怪怪的。她看着这间空荡荡的厨房，突然，她的目光落在了书架上。那里，第三层书架，就在最边上，昨天，她在那里找到了那封信。童妮娅从椅子上站了起来。她想起来，那本绿色的小书是不是也放在那里呢？就是古恩瓦尔德看到她进来就藏起来的那本书。童妮娅找到了那本书，书背上写着"海蒂"这两个字。她从书架上抽出了那本书。那本书看起来是给大人看的，因为书的封面上一张图画都没有，但是童妮娅仍然翻开了它。当童妮娅翻开第一页的时候，她看见了一张图片，上面有一个留着棕色卷发的漂亮的小姑娘，还有一只山羊。

童妮娅拿着书坐在摇椅上。那本书散发出淡淡的陈旧的味道。一开始，书里面出现了许多很难读懂的人名，就在童妮娅几乎要放弃继续读下去的时候，书中突然出现了一个很有意思的故事。

这是一个关于叫作"海蒂"的小姑娘的故事。故事的开始，她只有五岁，她的双亲都去世了，现在，她和她的迪特姨妈一起住在山上。

"迪特姨妈。"

童妮娅在品味着这个名字。她喜欢这个名字，但是她不喜欢这个姨妈，因为她不是非常地友善。

迪特姨妈决定让海蒂到她的祖父家去。他一个人和两只山羊，住在一座高高的山上。镇子里面的人都很害怕海蒂的祖父，因为他看上去总像在生气，而且不好接近，有些危险；他长着一双浓密的眉毛，好像都要长到一起去了。当人们听说迪特姨妈要把海蒂送到她的祖父那里去的时候，他们都使劲儿劝阻她，希望她能改变主意。她怎么能把这个可怜的小女孩送到那么危险的一个人身边去呢？甚至有人说，她的祖父曾经在一次打架的时候杀了一个人。但是，迪特姨妈还是决定要把这个没有父母的海蒂送到她的祖父那里去。她说，她不能再照顾她了，虽然她曾经答应过海蒂的妈妈她会照顾海蒂的。她没有时间。现在，海蒂必须和她的祖父一起住了。

海蒂要怎么和她那个可怕的祖父住在一起呢？童妮娅一边读，一边紧张地想着。但是，没过多久，她就确定了，人们都说错了。虽然她的祖父脾气不太好，但是他一点儿都不坏。他住在一栋小房子里，那里有一片云杉树林，就在山坡上。

那里和云母谷很像啊，童妮娅想。

童妮娅读着读着就忘记了她还坐在古恩瓦尔德家的厨房里，她忘记了时间，忘记了一切。她好像变成了海蒂，而故事就发生在云母谷里。海蒂和祖父在一起，过得特别快乐，她还照顾两只山羊，一只叫小天鹅，一只叫小熊。她喝羊奶，长得特别强壮。看上去有些严肃的祖父对她特别好。

"童妮娅？"

是爸爸。他拿着一个包走进了古恩瓦尔德家的

厨房。

"我们得到山下去给古恩瓦尔德送点儿东西，换洗的衣服什么的。"他说道，"你看什么书呢？"

童妮娅举起那本绿色的书，爸爸看到后吸了一口气。

那是《海蒂》。

他的脸色看上去有些不自然。

"你在哪里找到的那本书？"

童妮娅瞅了瞅书架。

"嗯。"爸爸说道。

童妮娅没有告诉古恩瓦尔德她发现了那本书，她有种感觉，他应该不想让她看那本书。他今天又吵着要离开这里，他觉得医院的一切都有问题。他说医生们看起来都像是有问题的老猫，护士们也有问题，这里的食物吃起来就像是狗屎。

"还有，我的斯努斯也抽完了。"古恩瓦尔德抱怨着。

于是，爸爸去小卖部给他买烟去了。古恩瓦尔德安静了下来，冲童妮娅摆摆手，让她过来。他贴在门上听了听，确定外面没有声音。

"童妮娅，我要交给你一件非常重要的任务。"

"你想让我去把那个咖啡壶摔个稀巴烂吗？"童妮娅问道。

是的，她可以办到，但是，古恩瓦尔德让她做的不是这件事。古恩瓦尔德看了一眼门外，然后把手伸进衣服里，拿出了一封信。

"你要去把它寄了。"

童妮娅接过了信。

"这很重要，"古恩瓦尔德说，"如果我死了……"

"别再提什么死不死的了，"童妮娅斥责道，"你不会死的。"

"没有人能知道自己什么时候会死。那个手术很可怕，"古恩瓦尔德害怕地说道，"虽然我挺过

了那场大腿的手术，但是三天后，我就要接受脚踝的手术了。或许，这将是你最后一次见到我。"

童妮娅叹了一口气，然后她低头看信封上的地址。她简直不能相信自己的双眼，信封上赫然写着：致安娜·辛姆曼女士。

"安娜·辛姆曼！"她大喊道。

古恩瓦尔德赶忙用手捂住她的嘴，跟她说："嘘！你这个小家伙，这个是秘密！"

"好吧，但是，你不能给死人写信啊！古恩瓦尔德，你是不是疯了？"

古恩瓦尔德向童妮娅保证他没有疯。

信封上面难道写着：天堂大街6143号，安娜·辛姆曼女士收吗？没有，信封上面写着一个非常正常且普通的地址，一个德国的地址。

"好吧，但你不是说安娜·辛姆曼已经死了吗？"

童妮娅什么都不知道。

"难道她没有死？"

"别再提什么死不死的了。"古恩瓦尔德说，"亲爱的童妮娅，这是一个老人这一生最后的一个心愿了。"

"没有我你可怎么办啊？"童妮娅一边说，一边把那封信收好，放在夹克的兜里，没有再问一句。

三天后，就是古恩瓦尔德进行脚踝手术的那天，一封信寄到了德国一间古老而又庄严的庄园里。收到信的人慢慢把信打开。

那封信被读了许多许多遍，看信的人满含深思地望向窗外。

第14章

云母谷里来了一个神秘的女子

一个阴沉的春日，在古恩瓦尔德做完手术的一周后，镇子里来了一个背着橘红色双肩包，牵着一只巨大的狗的女子。她在码头上站了一会儿，走了走。春风拂过她的脸颊，她闭上双眼，轻轻地拍了拍大狗。她的脸上出现一种非常柔和的表情，但是，只有一瞬间，她的表情马上变得严肃了。

这个女子慢慢地走着，她经过了小卖部，商店，美发店，一直向前走。泰奥从来没有看到过一个头发长得这么乱又这么多的女子，但是他没有出声。他的小狗马蒂斯躲在他的双腿间，害怕地看着那只大狗。

在云母谷的房子里面，人们都躲在窗帘后面看着这个高个子的女人经过，悄悄地议论着她。没有人见过她。他们觉得她应该是要去哈根健康营地，但是，这条狗是怎么回事儿呢？那里可不许带狗进入。她估计要打道回府了，乘晚饭后的那班船离开吧。

"这个女的可真高啊！"

"你以前见过这样的一头长发吗？"

"快看那只狗！我可不想在晚上的时候遇见这样两个生物。"

　　这个女子带着她的狗穿过整个小镇，走过彼得和他妈妈的房子，最后，他们来到了哈根健康营地。他们就是要去那里，对吧？不，这个女子，还有那只狗走过了那里，他们连看都没有看哈根健康营地一眼。他们慢慢地一直穿过了云母谷，走进了"神话森林"，来到了萨丽家外。

　　接下来，没有人看到他们往哪里去了。今天，爸爸带着萨丽去巴尔克维卡的药店了。古恩瓦尔德在医院里。童妮娅呢？童妮娅自己都不知道自己还在云母谷里，因为她正坐在古恩瓦尔德家的厨房里面看那本绿色的小书——《海蒂》。

　　她全神贯注地看着书，因为现在故事进行到了很关键的一刻，那个笨蛋姨妈突然来了，她说要把海蒂带走。现在海蒂生活得非常快乐，她是那么喜欢她的祖父，祖父也非常喜欢她！迪特姨妈，这个大坏蛋，她就那么来了，然后把海蒂带走了。祖父非常生气，他对着迪特姨妈大喊："带她走吧，让她伤心吧，再也不要让我看到她！"迪特姨妈把小海蒂强硬地带走了。可怜的海蒂，可怜的祖父！童妮娅非常讨厌这个迪特姨妈，她气得肚子疼。

童妮娅接着看，海蒂要到一座叫法兰克福的城市去，在那里，她要和一个坐在轮椅里面的胖小孩一起玩，作为她的玩伴。那个小孩子的家里非常有钱。

"法兰克福。"童妮娅自言自语。

她好像在哪里听说过这个名字，她接着往下看，然后她突然想起来了：这个名字在古恩瓦尔德寄信的地址上面出现过！就是它，法兰克福！童妮娅合上那本书，盯着它看。古恩瓦尔德到底为什么会有那本书呢？

那个坐着轮椅的有钱人家的小女孩，克拉拉，是个善良友好的孩子。她觉得海蒂的到来是她这辈子遇到过的最好的事情，这所老房子里现在终于有了一点生气了。而海蒂，这个从山里面来的孩子，

她平时都是和山羊睡在一起，她不知道该怎么在这么好的一所房子里生活。因此，她在这里闹了许多笑话，这让克拉拉和其他人都觉得很有意思。但是，这里有一个很严肃的女士——鲁特梅尔，她从来都不笑。童妮娅觉得她很可怕。鲁特梅尔女士觉得海蒂的到来是个错误，她不应该出现在这个家里。可怜的海蒂，因为太思念她的祖父和她的山谷，她都吃不下饭。但是她对谁都不敢说，因为她害怕坐在轮椅里的克拉拉会因此而变得消沉。克拉拉一旦知道她想离开会很难过的。

终于有一天，海蒂实在是忍不住了，她必须回去看看！如果她能够爬上法兰克福最高的塔，她是不是就能够看到自己的家呢？海蒂没有经过允许就离开了这所房子，并得到了一个男孩的帮助，来到了塔顶。在塔顶上，守卫将她举起来，好让她能够看到外面，但是她没有看到自己的家。童妮娅读到这里的时候，难过得要哭出来了。海蒂没有看到她思念的山，她只看到了一幢又一幢的房子。这座城市一定很大吧？童妮娅可以想象出海蒂该有多么孤独和绝望啊！

突然，童妮娅听到门开的声音，有人走了进来。那一定是爸爸，他从巴尔克维卡回来了。不过，他回来得有些早，她想读完那本书再回家的。

"爸爸，海蒂……"童妮娅看见厨房的门开了。

她一下子没有反应过来。

来的人不是爸爸。

第 15 章

又惊又怕的童妮娅

童妮娅其实是一个很勇敢的小姑娘，生活中，让她害怕的东西很少。她不害怕鬼魂，因为她不相信这些东西。她也不害怕一个人待着，因为她已经习惯了。她也不怕高，不怕黑，不怕陌生的地方，不怕水，不怕火，不怕蜘蛛，不怕老鼠，也不怕暴风雨。还有，她也不害怕克劳斯·哈根。但是，有一个东西让童妮娅非常害怕，她觉得那比以上所有的东西都要可怕得多，那就是最可怕的——狗。童妮娅现在吓得跑到了一边，心脏都快停止跳动了：那里有一只看上去很危险的狗。

童妮娅唯一敢碰的一只狗，是理发师泰奥的小狗——马蒂斯。但是，她也不敢经常这么做，只要有狗的地方，她都会离得远远的。

现在，古恩瓦尔德的厨房里突然出现了一个陌生的女人，她是童妮娅见过的最高大的女人了。如果这里没有一只狗在的话，童妮娅的脑子还可以冷静地思考，但是她现在做不到了。毫无预警，这里就来了一对不速之客。可怜的古恩达，它被吓得躲进了沙发下面，童妮娅也被吓得连"救命"都喊不出来了。

"你是谁？"这个女人问道。

这是个什么问题？

"呃……"童妮娅有些结巴。

这个女人把她的狗拉出了屋外，童妮娅听到她走到了路上。童妮娅颤抖地从椅子上站了起来，《海蒂》那本书掉到了地板上。

这个女人很快回来了，童妮娅的脸色苍白。

"我把狗拴在外面的围

栏上了。你别靠近它，它会咬人的。"

"你是谁？"童妮娅问道，她试着让自己的声音听上去很镇静，但是她实在是太好奇了，以至于声音有些颤抖。

这是一位美丽的女士，虽然她的衣服看上去有些脏乱。她的头发是棕色的，眼睛是黑色的。她可真高大啊，童妮娅想。

这个女人没有回答。她打量着周围，目光停留在了古恩瓦尔德的小提琴上，还有那本掉在地板上的书。她还是一言不发，然后她又打量着童妮娅。

"我说，你是不是不应该待在这里？"

童妮娅摇摇头。

"这里是古恩瓦尔德的家，但是他现在在医院里。我住在山谷的另一边。"

"是的，我知道。"这个女人说道。

童妮娅打了个哈欠。这个女人坐在了童妮娅平时常坐的椅子上，就好像那是她的椅子那样。

“你是西古尔的妹妹吗？”

童妮娅觉得更加吃惊了。

“不是，他是我爸爸。”

这个女人一直看着窗外，然后突然转过身看着童妮娅。

“是的，我应该看出来的。”她小声说着。

“云母谷的小雷神”觉得自己应该表现得友好一些。

“你想来点儿咖啡吗？”童妮娅一边问，一边想，在把咖啡壶打碎之前，应该再用用。

这位女士不想喝。

“你来这里做什么呢？”她反而问童妮娅。

“我来干吗？”童妮娅有些吃惊地回答道，“我来喂古恩达。”

“你认识古恩瓦尔德吗？”这个女人又问。

童妮娅回答说，古恩瓦尔德是她的邻居、教父和最好的朋友。

"是吗？"这个女士从头到脚地打量着童妮娅。

大部分来云母谷的游客都会这样子打量童妮娅：从头到脚，看她长着雀斑的脸，总是皱皱巴巴的衣服，还有童妮娅总是一前一后站着的双腿和脚。但是她从来没有被这么仔细地打量过，这让她不由得有点紧张，自己忙看看自己，看看是不是有什么奇怪的地方。

"我觉得你现在应该回家了，"那个女人说，"我会喂好猫的。"

"不！"

童妮娅抱起双臂，但是这个女人只是笑了笑。

"你有点像我。"她简单地解释了一下，然后冲着狗在的地方点了点头。

童妮娅咽了口唾沫，立马往后一退。

"我会再回来的。"她努力用自己最冷静的声音说道。

第 16 章

爸爸讲述了一些惊人的事情

有时候，作为一个小孩是件很讨厌的事情，童妮娅以前从来都没有意识到这件事。在云母谷里，大部分人都把她当成一个大人来对待，她能够和人们一起决定许多事情，人们也从来都不向她隐瞒什么。至少童妮娅一直是这样认为的。

但是，这一天，一切都变了。童妮娅突然知道了一些她从来都不知道的事情，而这些事情，别人都从未告诉过她。童妮娅最好的朋友，她的爸爸、妈妈、祖父、祖母，还有其他人，他们知道这个秘密。是的，就连萨丽都知道这个秘密。那个风一吹就会倒的萨丽，连她都知道这个秘密。

童妮娅是这样知道了一切的来龙去脉的：

当她从古恩瓦尔德家里走出来的时候，她还有

些疑惑不解。她走下小桥，看见爸爸正开车带着萨丽，准备把车停在萨丽家外的道路上。

"古恩瓦尔德家来了一位女士，她还带了一条狗……"童妮娅告诉他们。

爸爸正帮着萨丽走下车。

"你说什么？"萨丽吃惊地问道，一把推开了爸爸。

童妮娅一口气把整个事情讲了一遍，爸爸把萨丽扶到了一边的台阶上坐下。

"爸爸，她还认识你！"童妮娅最后补充道。

"是吗？"他吃惊地说道，然后望向古恩瓦尔德家的方向。他陷入了沉思中，但是他突然停了下来。童妮娅第一次看见爸爸失去了平常的冷静。

"你觉得那会不会是海蒂？"他问萨丽。

"海蒂？"萨丽不可思议地问道。

童妮娅就像是一个问号似的站在那里，萨丽在夜色中忙碌地寻找着她的药瓶。

"海蒂？"她喃喃自语，"海蒂？这么多年过去了，天哪。"

"海蒂？"童妮娅充满了疑惑地问道，"就是那本书里面的海蒂吗？"

童妮娅还没反应过来，爸爸就突然向古恩瓦尔德家走去了。她必须小跑才能跟上爸爸的步伐。

"爸爸！"

快到古恩瓦尔德家的时候，童妮娅慢了下来，让爸爸走在前面，因为她要和门前这条看起来很凶的狗保持距离。

他们终于来到了门前，爸爸敲了敲门，一个高大的女士把门打开了。他们就那样无声地站着，对视了很久，然后爸爸清了清嗓子。

"你变得好高啊。"他说。

那个女士微微笑了笑，但是很快就恢复了表情。

"爸爸。"童妮娅在他身后叫着。她什么都不知道。爸爸把她抱起来，面对着那位女士。

"我知道你们已经见过面了。这是童妮娅，我的女儿。"他骄傲地介绍着。

然后他对着门口的女士点了点头。

"童妮娅，这是海蒂……"爸爸捏了一下她的脖子，然后接着说，"……古恩瓦尔德的女儿。"

才不是！童妮娅看了一眼爸爸和门口的那个女士。他们身后还有一条狗。

"古恩瓦尔德没有女儿。"童妮娅很确定地说道，虽然她看着这位名叫海蒂的女士，觉得她和古恩瓦尔德就像是一个模子里刻出来的一样。

"他没有女儿！"她又说了一遍。

那个女士冷冷地看着童妮娅。

"是的，他当然没有女儿。"那个女士不高兴地说道，然后她对着爸爸点了点头，"很高兴回到这里，西古尔，但是我自己一个人能行。"

她关上了门。

回去的路上童妮娅百思不得其解。她和爸爸走下古恩瓦尔德家的山坡，取回车，开车回家。童妮娅现在非常生气，她觉得这一切都是一个骗局。

"古恩瓦尔德年轻的时候曾有过一个德国女朋友，"爸爸开始认真地告诉童妮娅，"他是在一次德国的小提琴会上碰到她的。"

"是安娜·辛姆曼吗？"童妮娅问。

爸爸吃惊地望着她。

"是的，是安娜·辛姆曼。但是，两个人没过多久就分手了，我是这么听说的。安娜·辛姆曼消失了，再也没有在云母谷出现过。但是四年之后，她突然带着一个四岁的名叫海蒂的小女孩出现了。"

童妮娅吃惊地张大了嘴。

"古恩瓦尔德根本没有意识到那是他的孩子。安娜·辛姆曼在云母谷待了几天，然后她就又离开了，把那个孩子留给了古恩瓦尔德。"

爸爸摸了摸他的胡子，摇了摇头，接着说：

"这件事确实让人有些发蒙，没有人知道接下

来该怎么办。古恩瓦尔德的人生中从来没有出现过第二个人，但是突然间，他就必须要照顾一个四岁的孩子了。"

"但是，但是……"童妮娅结巴着说。

"安娜·辛姆曼是一个非常有名的小提琴演奏家，"爸爸解释着，"她常常在世界各地旅行，举办演奏会。她认为，海蒂和古恩瓦尔德在一起才是最好的。"

"海蒂曾经住在云母谷？和古恩瓦尔德在一起？"童妮娅完全震惊了。爸爸点点头。

"是的，她是在这里长大的。我们小的时候天天都在一起玩儿。我们到山里面去玩，海蒂很照顾我，教会了我许多东西，把我看成是她的弟弟。"

爸爸从来没有说过这么多的话，就像是有人把他心里一扇秘密的门给打开了。

"有时，安娜·辛姆曼会来云母谷看他们。她是一个很美丽的女人。她有许多很美丽的衣服，说着德语。她常常给我和我的兄弟带来外国的巧克力。有一次，安娜给海蒂带来了一把小提琴，后来又带来了一把更大一些的。但是，她每次在这里都不会待很久。安娜·辛姆曼一走，海蒂就会脱掉身上那些美丽的衣服，换上她的旧衣服。但是，她常常练习小提琴。以前她和古恩瓦尔德常常一起拉小提琴。她后来到城市里很认真地学习过一段时间。"

"但是……"童妮娅又说道。

她真的不明白，为什么古恩瓦尔德从来都没有告诉过她这些事情。

"之后，海蒂十二岁的时候，安娜·辛姆曼来把她接走了。"

"什么？"

爸爸点了点头。

"已经过去三十年了。在那之后，云母谷的人再也没有见过海蒂。有传言说，她和她的妈妈一样，成了一名优秀的小提琴家，住在德国。我不知

147

道那是不是真的。"

童妮娅耷拉着双臂，不知道该站着还是坐下。

"古恩瓦尔德说了些什么？关于这件事。"她最后问道。

爸爸的表情变得很奇怪。"古恩瓦尔德什么也没有说。他把海蒂所有的照片都给撕了，然后把她的东西都给烧了。"

爸爸停了下来。

"别停，接着说啊。"童妮娅含着泪水要求道。

"童妮娅，我当时只有十岁，我记不太清了，"他轻轻地说着，"但是我记得，那场大火后，我生古恩瓦尔德的气生了很久。"

他们到家了。海鸥盖尔高兴地飞出来迎接他们，停在了爸爸的肩头。牲畜棚里羊儿在咩咩地叫着，有些羊快要产崽了。一切似乎都没有什么变化。

"为什么没有人告诉过我这些？"

童妮娅实在是太生气了。她把自己所有的秘密和知道的一切都告诉她最好的朋友，就像是最好的朋友应该做的那样，但是，她最好的朋友竟然从来都没有告诉过她，他有这么大的一个女儿。没有人说过这件事！

爸爸看着她，说："童妮娅，没有人会提起这件事的，因为古恩瓦尔德受不了。"

"他'受不了'是什么意思？"

爸爸告诉她，有一次，他的一个弟弟跑去问古恩瓦尔德，海蒂会不会再回来。古恩瓦尔德气得把一把椅子摔到了墙上，并且说他这辈子都不想再听到这个名字了。

童妮娅吓了一跳。她和古恩瓦尔德几乎在一起度过了她童年生活中的每一天，她是那么喜欢他。但是，她忽然间觉得自己不认识他了。

"你知道你妈妈听到这个故事后是怎么说的吗？"爸爸问道。

童妮娅摇了摇头。

"'古恩瓦尔德需要再去好好地喜欢一个人。'她是这么说的，是她决定让古恩瓦尔德来做你的教父的。"

"真的吗？"

"真的。古恩瓦尔德从来都没有想过要成为一个小婴儿的教父，他自己是这么说的，但是他最终还是做了，因为妈妈用她的智慧和心意打动了他。"

爸爸笑了。

"童妮娅，我觉得你是能够治愈古恩瓦尔德的最好的'良药'。这些年，他一直都活得像个正常人。"

童妮娅不知道她应该说些什么，做些什么，想些什么。

"童妮娅，人生并不是那么简单的。对古恩瓦尔德和海蒂来说，人生实在太艰难了。"

那一晚，爸爸没有再说什么。

第 17 章

海蒂讲述了她的"恐怖计划"

第二天，童妮娅一睡醒，就决定要去把那个咖啡壶给砸了。她拿上她的铲子，还有她去年悄悄从爱尔姑妈那里得到的鞭炮。这让童妮娅意识到，她马上就要过十岁生日了，应该庆祝一下的。

"这是他们的圆年。"祖母经常这么说那些过五十岁、六十岁和七十岁生日的人。

"圆年。"今年的生日确实有些不同。我十岁了，整整十年了。童妮娅决定，她一定要好好庆祝一下，或许她应该在当地的报纸上面发个广告。

昨天晚上她一直醒着，想着爸爸告诉她的那些事情，她想着古恩瓦尔德把椅子摔到墙上，想着海蒂的那双乌黑的眼睛，还想着那本书里面的海蒂。她觉得有些怪怪的，因为有一个生活中的"海

蒂"，又有一个虚构的"海蒂"。在她入睡之前，她下定决心，要和生活中那个"真海蒂"成为朋友。

童妮娅早上来到古恩瓦尔德家，海蒂正坐在台阶上喝咖啡，就像古恩瓦尔德平时常做的那样。童妮娅骑着自行车，但是她骑得很不稳，就像是骑着

一辆独轮车，这都是那条狗的缘故。那真是一种可怕的生物！它一直冲着她大叫，好像要扑上来吃了她一样。

"你的头上站着一只海鸥。"海蒂说。

"我知道。"

童妮娅小心地把海鸥盖尔从头上放下来。她现在要认真地看看海蒂。她想着，这位女士就像她一样，是在云母谷里长大的。她知不知道这里好玩的地方呢？她是不是喝过萨丽家难喝的果汁？她是不是在牧草地上面睡过觉呢？她是不是做过童妮娅做过的一切事情呢？

"这已经是一天之内你第三次来到这里了，"海蒂说，"我不喜欢海鸥，我也不喜欢访客。"

"这里不是你的农场。"童妮娅冷静地说道。

海蒂勉强地笑了笑。"是的，这倒是真的。"

"是的，这里是古恩瓦尔德的农场。"

童妮娅坚定地看着海蒂。

就是那封信把这个人带到这里来的。就是那封一周之前，古恩瓦尔德让她寄出的信，那封寄给安娜·辛姆曼女士的信。童妮娅现在后悔寄出了那封信，她应该把那封信给吃了，而不是寄出去。

"古恩瓦尔德觉得自己要死了，"海蒂简单地说道，"他把这座农场留给了我。那封信上面白纸黑字写得清清楚楚。这里现在是我的了。"

什么？童妮娅不敢相信自己的耳朵。过了一会儿，她反应过来：如果海蒂真的是古恩瓦尔德的女儿，那么她确实应该继承这里。这是毋庸置疑的。童妮娅挺起胸膛，仿佛这件事对她没有什么影响。

海蒂站了起来。"童妮娅·格里姆达尔，你知道我要拿这座农场干什么吗？"

童妮娅摇了摇头。她或许会住在这里？或者她要把这里改造成一座生态农场，就像古恩瓦尔德在巴尔克维卡看到的那样？

"我要把它给卖了。我要把这里全部卖出去，再也不会回来了。"海蒂说道。

"你现在要把这里给卖了？"童妮娅几乎吼了出来，她惊呆了。

"是的。"海蒂不假思索地回答。

"云母谷的小雷神"用可怕的眼神盯着她。

"那古恩瓦尔德要住在哪里？"

海蒂把信收了起来。

"我才不管古恩瓦尔德呢。"她干脆地说道。

童妮娅生气了，她从来都没有听到过比"我才不管古恩瓦尔德呢"更加令人生气的一句话了。童妮娅冲了上去，但海蒂轻轻松松地就抓住了她。

"不许你这么对待古恩瓦尔德！"童妮娅愤怒地喊道。她气得又叫又踢。

"事情就是这样，"海蒂平静地说道，"别闹了。"

但是童妮娅不能停下来，因为古恩瓦尔德是她最好的朋友，也是这个世界上对她最好的人。童妮娅很确定，如果古恩瓦尔德不能够回家的话，那么他一定

会死的。童妮娅呢，她又该怎么办呢？没有了古恩瓦尔德的云母谷会变成什么样呢？一想到这些，童妮娅就觉得非常难受。这让她不敢再想一遍！

"你不能把这里给卖了！我要告诉云母谷所有的人，没有人会买的！"童妮娅大喊着。

海蒂放下了她。"童妮娅·格里姆达尔，你想和谁说都行，我会和山下那个开露营地的人谈谈的，他非常想买这里。这里是他扩大生意的好位置。"

童妮娅觉得，这是她见过的最疯狂的一个女人。没有人可以把古恩瓦尔德的农场卖给克劳斯·哈根！要卖这里，先过了她这一关再说！无论如何，她都要阻止这一切。不过，童妮娅知道她现在要做的第一件事：她要去把那个咖啡壶给摔烂。如果没有那个咖啡壶，这一切都不会发生的！

那个咖啡壶就放在厨房的柜子上，在它旁边放着那本被翻开了的小绿书。一瞬间，童妮娅觉得应该把那本书拿上，因为她想知道那个在法兰克福的海蒂后来怎么样了，但是她觉得现在自己不能再忍受任何一个"海蒂"了。她现在需要把什么东西给摔碎。童妮娅拿起咖啡壶，走过海蒂的身边，连看都没有看她一眼。海蒂什么都没有说，她坐在台阶上，饶有兴趣地看着童妮娅把咖啡壶放在路上，把鞭炮放在上面，点燃后躲到了一边。

五秒钟后，山谷里面的人都惊奇地涌了出来，人们以为是天上打雷了。萨丽需要找几片药吃下去，格拉蒂托躲到了牲畜棚的最里面，那只吓人的狗也被吓得像一只老鼠似的蜷缩了起来。

但是这个咖啡壶却没有破。

童妮娅告诉海蒂："我会回来的。"

"我不怀疑这一点。"古恩瓦尔德的女儿冷冷地回答道，她手里拿着咖啡，仿佛什么都没有发生过一样。

第 18 章

生活是场悲剧，
童妮娅碰到了老朋友

"嘿！你怎么样了？"

童妮娅走进古恩瓦尔德住的病房里，注意到那里还躺着两个其他病人。古恩瓦尔德看起来就像是一个问号。他还什么都不知道呢。他不知道，很快他的农场就要落入克劳斯·哈根的手里了。他也不知道，他的女儿和童妮娅之间发生了战争。他不知道童妮娅像个疯子一样骑着自行车冲到码头，央求着船员勇让她坐船到城里来，等回家再把船钱给他。他更不会知道她是自己一个人来到这里的，在找到医院之前她走了多少条错路。古恩瓦尔德什么都不知道。但是现在，"云母谷的小雷神"就站在他的面前，而且很生气，这一点他是清楚知道的。

158

　　童妮娅一点都不因为古恩瓦尔德刚刚做完手术而心软，她一上来就直接说：

　　"你有一个女儿，"为了防止古恩瓦尔德把这件事给忘了，她接着说，"你还把自己的农场给她了。她要把你的农场卖给克劳斯·哈根。她还有一只非常大的狗，这对我来说是一个很大的威胁，还有……"

　　童妮娅突然停了下来，就像她突然开始那样。因为她忽然发现古恩瓦尔德的脸色很不好。

　　"她……"古恩瓦尔德说。

　　"你说什么？"童妮娅问。

　　"她回来了吗？"古恩瓦尔德颤抖地问。

　　"是的。"童妮娅回答道，她的脸部微微地抽动了一下。

　　没有人知道他们要说些什么。童妮娅坐在古恩瓦尔德床边的椅子上。她想带古恩瓦尔德回云母谷，但是当她想要告诉古恩瓦尔德她现在有多么想

念他，又有多么害怕的时候，她看见古恩瓦尔德把脸埋进了手掌里。谁来救救他！古恩瓦尔德哭了。童妮娅觉得非常震惊，她不知道该怎么办了。

"哭泣不是件坏事。"妈妈曾经这样说过。

童妮娅还记得妈妈是什么时候说的这句话，那时，彼得的爸爸去世了。童妮娅觉得非常害怕，因为彼得那时就是这样子哭泣的。

"当人们哭泣的时候，痛苦会随着泪水流出去一些的，这样就更容易安慰他们了。"妈妈这样说道。

但是，童妮娅从来都没有看到古恩瓦尔德哭过，她不知道该怎么安慰他。她小心地拍了拍他的头，但是，古恩瓦尔德还是把脸埋在双手间。她于是继续讲述，讲述那条狗是怎么进到厨房里面去的，海蒂坐在她的椅子上，爸爸见到了海蒂，说她长得特别高大。

"特别特别高大。"童妮娅补充道。

她还把她和海蒂之间的战争告诉了古恩瓦尔德，但是她没有说原因，她不想让他知道。

"你想不想让我把她带到这里来？"最后，童妮娅不确定地问道。

"不要！"

"但是，你毕竟是她的爸爸……"

古恩瓦尔德停止哭泣了。

"她的爸爸。如果要这么说的话，好吧。"

他的声音听起来是那么地苦涩，童妮娅几乎听不清。

"童妮娅，海蒂是自己选择离开的！她会回到这里的唯一理由，就是我写信告诉她，我要死了！她可以得到这个农场！然后她可以卖了它。"

最后的这几句话震得童妮娅都快聋了。她知道，如果古恩瓦尔德现在不是腿断了躺在床上的话，他完全可以起来把椅子摔到墙上去。

"卖掉农场。"他又说了一遍，然后闭上了眼睛。

一个护士走了进来，她说，现在不是探视的时间，古恩瓦尔德需要安静，房间里的另外两名患者也需要休息，童妮娅最好回家去。但是童妮娅不想回家，她不知道她该怎么办。

"你为什么要给你那个混蛋女儿写信？"她生气地大喊，"古恩瓦尔德，我们在云母谷生活得多好啊！你至少应该告诉我这件事啊！还有，我没有钱坐船回家。"

古恩瓦尔德取出钱给她。他什么都没有说，但是，当童妮娅走出门的一刹那，他终于开口了。

"童妮娅。"

"嗯？"

"她看起来什么样？"

"谁？海蒂吗？"

古恩瓦尔德点了点头。

"她长得很黑，跟你一模一样。"童妮娅说道。然后她就摔门而去，把另外两个在睡觉的患者都给震醒了。

医院外，童妮娅耷拉着手臂站着，古恩瓦尔德给她的两百元钱被风吹得哗哗作响。

"我的人生就这么毁了。"她默默地说着。这句话，她听爱尔姑妈说过一次。

"你的问题根本就不足挂齿。"伊顿姑妈这样说。

"我的人生连挂齿都'挂不上'吗？"爱尔姑妈这样回答道。

想到姑妈们的时候，童妮娅才高兴了一些，但是，她很快就又陷入了痛苦中。海蒂，古恩瓦尔德的混蛋女儿，她来了。她讨厌古恩瓦尔德，讨厌自己的亲生父亲，她甚至离开了自己的父亲。现在，她得到了他的农场，然后要把它卖给克劳斯·哈根。古恩瓦尔德该怎么办呢？难道他要像尼尔斯和安娜那样搬到福利院去住吗？还是搬到巴尔克维卡的养老院里去？童妮娅坐在岸边，就像是一座塑

像，她走不动了。

"童妮娅！"

空气中突然传来大炮一般的声音。她在这座城里认识什么人吗？对了！是的，她有认识的人。她迅速地穿过停车场，看到了那个穿着T恤和工装裤的家伙，T恤上面还印着一个可怕的骷髅头。

"乌拉！"童妮娅高兴地叫了起来。

"我是不是应该打你一拳？"他兴奋地说道。

寒假里那段快乐的回忆一下子涌上两人的心间。

"你在这里干吗？"乌拉问。

"说来话长啦。"童妮娅说。

"我有时间听，你有时间讲吗？"

他指了指她手中的两百元钱，眼中闪烁着光彩。

童妮娅大可以把这些钱给乱花掉，她现在的心情让她很想把这些钱乱花了。他们买了十个漂亮的游戏球，然后走进了一家咖啡厅，乌拉说："五杯巧克力奶昔，谢谢。"童妮娅看着吧台后的女士用

164

香草和巧克力做了她有生以来见过的最浓的奶昔。还有，她看到了大得让她一开始以为是花瓶的纸杯。城里的一切都很新奇。

就在乌拉像头驯鹿似的喝着杯子里的奶昔时，童妮娅向他讲述了"咖啡壶"惨案和海蒂的事情。本来乌拉、哥哥，还有伊特应该在过复活节的时候

去古恩瓦尔德家住的，但是如果克劳斯·哈根买下了古恩瓦尔德的农场的话，他们就没法来了。

"我必须想出一个好主意让海蒂放弃她的计划！"她绝望地看着乌拉。

"或许你可以假装把一个人埋在农场，吓她一跳！"他建议道。

童妮娅摇了摇头。

"我知道了，你可以把她抓住，当作人质！"

"把海蒂抓起来当作人质的这个主意就和埋人的那个主意一样不靠谱。"童妮娅说。

"有个好主意了！"乌拉突然说，"你可以抓住她的狗，然后说如果她不满足你的要求的话，你就不放她的狗！你可以把它关在……"

"不行。"童妮娅说道。

童妮娅似乎能够看到他T恤上面的那个骷髅头在笑。她更快地摇了摇头。

她可不想做什么跟狗有关的事情，一点儿都

不想。

乌拉他们一家现在住在一栋带电梯的楼房里。童妮娅几乎都有点嫉妒了，如果每天都能坐电梯的话，那该多好啊。下次有机会的话，她要问问古恩瓦尔德，看看能不能给她建一个电梯。她以前没有想到过这件事。但是，古恩瓦尔德现在不能建电梯，因为他的腿坏了。

"童妮娅！"当她和乌拉一走进屋里，就有人高兴地欢呼。

"我们喝了奶昔，还买了游戏球！"乌拉骄傲而又高兴地说着。

所有人都因为看到她而感到高兴。伊特高兴地围着她转，乌拉的妈妈抚摩着她的头发，就像童妮娅自己的妈妈经常做的那样。但是，当他们听说古恩瓦尔德住院了的时候，他们都不笑了。

"应该有人告诉我们一声的，"乌拉的妈妈说，"可怜的古恩瓦尔德，我们一定要多去看看他。"

"我也不知道该怎么办了。"童妮娅嘟囔着，她又把所有的事情讲了一遍，关于海蒂和农场的事情。

当她讲完的时候，屋里一片安静。

"卖掉农场是对古恩瓦尔德伤害最大的一件事，"童妮娅说，"我觉得海蒂一定很恨他。"

当童妮娅说话的时候，哥哥一言不发，他玩着游戏球，看着自己的手。

"是古恩瓦尔德的原因吗？"他最后说。

"什么？"童妮娅问。

哥哥用手指摆弄着游戏球。

"他，他还关心海蒂吗？"

童妮娅看着哥哥，金色的头发垂在他的眼前。古恩瓦尔德还关心海蒂吗？童妮娅记得爸爸说过，古恩瓦尔德气得把椅子摔到了墙上，还把海蒂的东西全部都给烧了。她记得今天古恩瓦尔德在医院提到海蒂时的声音。但是，她也清楚地记得古恩瓦尔德过去从来没有提过有关海蒂的一字一句，从来都没有。一个人会关心一个他从来都不提起的人吗？

"我不知道。"她最后小声地说道。

童妮娅走到返程的船停靠的码头的时候，还在不停地思考着。船员勇来找她要船票的钱了。

"我的钱都花光了，"她说着把两只空空的手举到了他面前，"我都用来买奶昔和游戏球了。"她补充道。

"童妮娅，你不能每次坐船都不买票啊！"

勇有点激动了。

"你也不能把我赶下船！我只有九岁。""云母谷的小雷神"有些激动了。

"我不能吗？"勇大喊着，然后他就像提着一个土豆似的把她从椅子上面给提起来了。

其他的旅客都害怕地看着这个船员，他抓着这名不买票的乘客走过了船舱。两个才六岁的小男孩吓得躲到了妈妈身后。

"把我放下来！"童妮娅不停地挣扎着，大声喊叫着。

"这就是不买票的下场！"勇大声地说了一句话，然后就带着童妮娅消失在出口了。

他们来到了甲板上，勇把童妮娅放了下来，然后他们两个互相扶着，笑作一团。余下的旅途他们都是在甲板上度过的。他们谈了很多，吹着海风。童妮娅的心情不错。

"我不知道你害怕狗，童妮娅，但是有机会你一定要去泰奥的美发店里看看。今年二月份的时候，马蒂斯生了五只可爱的小狗崽儿，"快靠岸的时候，勇告诉童妮娅，"它们现在非常好玩！"

"真的吗？"童妮娅问道。

"当然了。你猜它们的爸爸是谁？"勇骄傲地问道。

"布斯特？"

"答对了！"

布斯特是勇养的一条狗，爱尔姑妈说它看起来就像是一团桌布，走起路来像只鸭子。

"那是一场意外，"勇解释道，"泰奥非常生气，但是我怎么能管得了布斯特，让它不要去吸引别的母狗呢？"

"对，你说的倒是真的。"童妮娅说。

"那些小狗崽儿非常可爱，"勇说，"你一定要去看看它们。或许这样就能克服对狗的恐惧。"

童妮娅又想去找海蒂了，但是她忽然一下没有胆量了。

"我真的不喜欢狗，"她对着勇说，"什么狗都不喜欢。"

第 19 章

童妮娅跟踪了
一个会"消失"的人

　　虽然某间屋子里面的一切都变了，但是春天到来的脚步并没有停下。春风、春雨，还有春日装扮着整个云母谷，让这里看起来一片祥和。山下，融化的雪水静静地汇成一条条小溪，流进了云母谷的河里，涓涓流水的声音就像是一首美丽的歌曲，回荡在山谷间。童妮娅就是伴着这样的声音长大的，这种声音似乎已经成为她生命的一部分。

　　但是，这个周六的早上，当童妮娅睡醒后，她却再也无心聆听这样的声音了。因为她想到，古恩瓦尔德现在听不到这样的声音。他本应和她一起欣赏小河的歌唱的。童妮娅害怕地望着窗外，窗外那边的农场里，躺着一条可怕的大黑狗，远远看去，就像是一大块黑色的斑点。现在，那所房子里住着海蒂，很快，克劳斯·哈根就会住在那里了。或许再过一段时间，那里连熟悉的房子都不会有了，那里将变成一幢幢的别墅和一顶顶的露营帐篷。

昨天晚上，童妮娅从城里回到家后，她把一切都告诉了爸爸。

"爸爸，你必须去和她谈谈！"

我们这位不擅长与人交谈的爸爸只是坐在椅子上"嗯"了一声。

"你这个胆小鬼！"童妮娅冲他大吼了一声，然后离开了房间。

没过一会儿，童妮娅就后悔自己说了这样的话，她回来把头埋进了爸爸的怀里，海鸥盖尔看着非常地嫉妒。

这一天早上，童妮娅感到了一种前所未有的寂寞和孤独。她看着窗外的春景，觉得自己应该出去走走。

今天，她穿上了她最厚的一件毛衣，那件蓝色的大毛衣。那是她妈妈亲手为她织的，爱尔姑妈说那件毛衣看上去很奇怪，但是童妮娅一点儿都不觉得。她非常喜欢那件衣服。

在桥边，童妮娅看着桥下快速流动着的河水，河边的雾气包围了她，让她的头发变得朦胧。

"我的小河啊。"童妮娅说道。

天空中还飘着一些雪花，因为她站在河边阳光照射的地方，所以不觉得冷。或许她应该走到云母谷的牧草场那里去。童妮娅慢慢地走在农场外围，这里只有河水流动的声音，没有其他的任何声响，她也没有别的思绪。但是，童妮娅突然看到对岸的什么东西，这种寂静的气氛一下子被打破了。一开始，她以为那是古恩瓦尔德，因为那个人穿着古恩瓦尔德的夹克。但是，他现在摔断了腿，应该躺在医院里面，怎么可能出来散步呢？

那是海蒂。

她站在那里，盯着河面，就像童妮娅刚刚做过的那样。过了一会儿，那位高大的女士就开始向云母谷的夏季牧草场移动，童妮娅也跟着往那边走去。

只有瓦德峰和云母谷静静地注视着那两个谷里的女子，一大一小，一前一后，一人一边地沿着河岸走着。它们已经看着那个穿着蓝色毛衣的小女孩一整个冬天了，但是另外一个，那个穿着深色夹克，戴着绿色围巾的女子，它们要花上一段时间才能认出她是谁。它们相视一笑，因为它们认出了那个女子，那是海蒂。但是它们什么都没有说，它们默默地看着那两个人走着。

有两次，海蒂停下了脚步向四周打量，好像她知道有人在跟着她一样。这两次，童妮娅都快速躲到了灌木丛中，尽量不让海蒂看到她。她的裤子都湿了，头上和身上都沾满了落叶和杂草，但是童妮娅一点儿都不在意。

很快，她们就来到了云母谷的夏季牧草场。

牧草场的棚屋正沐浴在阳光下，它身上的积雪在慢慢地融化。童妮娅藏在一块大石头后面静静地等待着。如果海蒂要去那间棚屋的话，她就会过桥。但是，海蒂没有过桥，她继续在河的另一边走着。她到底要去哪里？是去滑雪吗？童妮娅还从来没有走到过这么远的地方，海蒂现在已经离开了河边，快要走到沼泽地那里了。童妮娅有些犹豫了，她现在走的这条路不能再继续走下去了，因为这里的积雪越来越多，杂草和灌木也越来越茂密。她现在必须到海蒂那边去。"云母谷的小雷神"迟疑了一会儿，然后她悄悄地过了桥。

她现在就在海蒂的正后方。她又跟着海蒂走了几百米，然后海蒂停了下来。前面有一道瀑布。童妮娅躲到了一个小土堆后面。

海蒂站在那里，静静地看着不停向下冲击着的水流，然后她突然抬起脚，走进了这片刚刚融化的春水中。童妮娅吃惊地睁大了眼睛，用手捂住自己的嘴，以防自己叫出声来。

但是海蒂没有沉下去！她还在水面上！她站在水下一块看不见的石头上。她一只脚站立着，就像是一个表演走钢丝的杂技演员。冰冷的河水没过了她的大腿，她用双臂保持着平衡，然后她又继续跳到了另外一块看不见的石头上。她身上的夹克衫就像是一只海豹似的趴在她的背上，脖子上的绿色围巾，看上去则像是一面在风中舞动着的风筝。海蒂在水中跳跃着！

这一刻，童妮娅忘记了海蒂说的关于古恩瓦尔德的坏话，她也忘记了海蒂要把农场卖给克劳斯·哈根的事情。她的脑中一片空白，因为她看到了人生中从未见过的惊人场景。

"速度和自信。"童妮娅默默地念叨着，她的心中油然生出一种敬畏之情。姑妈们真应该来看看这一幕！

童妮娅继续躲在小土堆后，这时，她听到一阵

声音从头顶上传来，是海鸥盖尔。它看见了童妮娅的蓝毛衣。糟糕！它会暴露童妮娅的位置的！童妮娅使劲向下蹲了蹲，试图把自己藏起来。

"嘎！"海鸥盖尔在空中大叫着。

"亲爱的盖尔，别叫了，快回家。"童妮娅小声地冲盖尔说。

但是海鸥盖尔还是落到了这个小土堆上，然后它很快地跳到了童妮娅的头上。海蒂会发现的，童妮娅吓出了一身冷汗。她现在最害怕的事情就是被海蒂发现。

"等我回去，要把你揍扁，做成肉馅，"童妮娅心里暗暗地想着，"求求你快点飞走吧，笨盖尔。"

它在童妮娅的身上踱步走了一阵，然后突然飞上了天空。

"难道它真的听懂了我的话？"童妮娅吃了一惊。

她又继续在土堆后待了一阵，然后探出头向外看。

海蒂不见了，连她的影子都没有了，童妮娅一

惊。对岸没有一个地方能够让海蒂那么高大的人躲起来。她也没有继续往远处走，或者是向河的下游走去。难道海蒂过河了？童妮娅打了一个哆嗦。她现在就在这里吗？就在河的这一边？童妮娅走出去看了看。难道她是在水里？

在湍急的水流中，一根木条上面挂着海蒂的绿围巾。

童妮娅为自己脑海中闪现出的第一个念头而感到羞愧：海蒂被淹死了，古恩瓦尔德终于可以回家了。但是，这个念头只在她的脑海中出现了一秒钟，童妮娅从来都不知道自己会有这么邪恶的念头。然后，另外一个好的念头就立刻冒了出来：不！

"不！"童妮娅拼命地大喊着，冲到河边，绝望地在水中搜索海蒂的身影。

"海蒂！海蒂！"

她这么小小的一个人该怎么把那么巨大的一个人从水里面拉出来呢？她绝望地喊着，河水溅到了她的脸上。

"海蒂！"

童妮娅希望能有人来帮帮她。她希望能有人潜到水下去找找，无论是谁，什么人都可以。她爬上一块大石头，让她能够看得更远，更清楚。但是她什么都没有发现。

"海蒂！"童妮娅不停地大喊。

"童妮娅，我在这里。"

童妮娅猛然一回头。海蒂就站在离她身后几步之外，她的夹克没有湿，她的头发也是干的，只有她的裤子是湿漉漉的。她根本就没有溺水。她一个大活人正好好地站在童妮娅的面前，什么事儿都没有。

"我以为你……我看见你的围巾……"

童妮娅没有继续说下去，她已经蒙了，她的话都憋在嗓子眼儿里，说不出来。海蒂的脸上挂着一个讽刺的微笑。

"云母谷的小雷神"生气了。

"你最好赶快藏起来！"伊顿姑妈每次看到童妮娅脸色变得不好的时候都会对别人说这句话。

"你这个大坏蛋！"童妮娅对着海蒂大喊。

"你知不知道这样子吓唬别人是很不好的？"

"云母谷的小雷神"火冒三丈，她的毛衣都快要被她的怒火给点燃了。但是海蒂一点儿都不在意。

"我怎么知道你在跟踪我？"她简单地回答着。

童妮娅从大石头上跳下来。

"你会这样做就证明你已经知道了！"她大喊。

然后她就愤怒地转身离去了，她身上挂着的杂草和树枝都在颤抖。

没一会儿，海蒂就追上了她。她们一句话都没有说。童妮娅打算一辈子都不要再见到这个讨厌的女人了。她现在气得快要发疯了。

"童妮娅，对不起。"海蒂说。

童妮娅停了下来，转过身。海蒂也停了下来，古恩瓦尔德的夹克从她肩上滑落下来。

"我确实知道你在跟着我，但是我不是有意想要吓唬你的。非常抱歉。"

"你是怎么知道我在跟着你的？"童妮娅吃了一惊，"你什么时候看到我的？"

"在一个秘密的地方。等到了夏天的时候，你就知道了。"海蒂说。

她笑了，这一次，不是那种讽刺的笑容，而是真心的笑容。但是这种笑容很快就消失了。

"毛衣很漂亮。"她说道。

然后她就径直走过童妮娅，离开了。

"你能不能别把农场卖了？"童妮娅在她身后大声问道。

海蒂没有回答。

"海蒂！"

童妮娅快步跑上去，站在海蒂的面前，让她必须直视童妮娅。

"古恩瓦尔德得有个家啊，他……"

"这和你没有关系。"

海蒂的声音是那么冷漠。

"但是……"

"你没听见我说的话吗？农场是我的，我想怎么样就怎么样。那个开露营地的人想要买，我想卖，就是这么简单。"

海蒂侧过身想要离开。

"你为什么这么生古恩瓦尔德的气？"童妮娅追问道。

她着急得快咬到自己的舌头了。她在想，海蒂会不会揍她，然后把她扔到云母谷上空去？童妮娅的心脏狂跳不止，她看见海蒂的手举起，停在了空中，没有落下。她转身对着这个穿着蓝色毛衣的小女孩说：

"童妮娅，你为什么会那么喜欢你的爸爸呢？"

第 20 章

"海鸥大屠杀"

那一天之后，海蒂开始射杀海鸥。但是童妮娅不知道这件事，因为她那时正在学校上课。放学后，她回到家，爸爸给她做了约克肉饼。当童妮娅不高兴的时候，约克肉饼能够让她振作起来。那是她最喜欢吃的东西。

爸爸收到了妈妈写来的一封电子邮件。

妈妈在邮件中写道："海平面还在上升，北极圈的冰川仍然没有停止融化。不过，我很快就会回云母谷一趟。"

妈妈在全力阻止海平面的上升。由于大气污染造成冰川融化，海平面在不断地上升。但是，很难阻止人们做破坏环境的事情。

"如果我是大海的话，我绝对不会让海平面上

升一厘米的。"爱尔姑妈这么说过。

当谈论到有关海洋的话题时，妈妈总是非常严肃。

"你说她是不是快回来了？"童妮娅的嘴里塞满了肉饼，问道。

爸爸关上电脑，端起一杯咖啡。

"是的，我觉得是。"他说。

"童妮娅，你为什么会那么喜欢你的爸爸呢？"昨天，海蒂这么问道。童妮娅认真地思考着这个问题。是因为他是我爸爸吗？因为他有漂亮的胡子，当她不高兴的时候，他会为她做好吃的肉饼，他还非常照顾她。童妮娅觉得，爸爸就像是一座大山，永远在那里，不会离开她。所以她才那么地喜欢他。

她咽下最后一口肉饼，然后听到了外面的爆炸声。

云母谷里以前没有这么多海鸥，但是，渐渐地，这里的海鸥变得越来越多。海鸥盖尔不再是这里唯一的一只海鸥了。特别是当垃圾车来这里收垃圾的时候，海鸥都会聚集到这里来找食物。昨天就是垃圾车来的日子。海蒂特别不喜欢海鸥。云母谷的另一边，童妮娅惊恐地看着她的新邻居拿着古恩瓦尔德的鸟枪，把那些海鸥当作飞靶似的一只只击落。

"不！"童妮娅骑着她的自行车冲了过去。她没有戴她的头盔，为了不让海鸥盖尔站上去。但是它还是跟了过来。这只笨鸟！

"回家去！你这只笨鸟！她会杀了你的。"童妮娅一边叫着一边使劲冲它摆手。

一边用手使劲对着天空挥舞，一边用手握着方向盘，这样子很难骑好车。快到河边的时候童妮娅摔了一跤，她被重重地甩了出去。哎哟！她的膝盖摔破了，鲜血直流。她一生气，把自行车一扔，向山坡上走去。

当这个满头红发的小女孩出现在海蒂的视线中

时，她正在瞄准一只海鸥，准备开枪。

"你快点儿停下！"童妮娅大喊。

海蒂还是开枪了。一只海鸥被击落，重重地落在了小山坡上。她是个好射手。路上已经躺着四具海鸥的尸体了。海鸥盖尔站在童妮娅的肩膀上，用爪子紧紧地抓住童妮娅。

"我又没有打你的海鸥，如果你担心的是这个的话。"海蒂边说边开始拾起路上的尸体。

"哪只海鸥都不能随便射杀！"童妮娅气愤地说道，"它有可能是海鸥盖尔的姨妈，你知道吗？"

海蒂根本就不在意。她看了一眼童妮娅的膝盖。童妮娅忽然想起她上次受伤的时候，那是在冬天，她和乌拉打了一架，古恩瓦尔德帮她好好地包扎了伤口。现在，她站在这里，比上次受的伤还要严重，但是海蒂什么都没有说。

古恩瓦尔德家的门关上了。童妮娅知道她现在不得不去和克劳斯·哈根谈谈了。

当克劳斯·哈根看到出现在前台的人是谁的时候，他吃了一惊。他把那一家人赶出露营地后，就再也没有见过童妮娅了。

"你好。"童妮娅打了个招呼。她深深地叹了一口气，让克劳斯·哈根不由得多看了她几眼。

"你受伤了？"他看见了她那血迹斑斑的裤子。

童妮娅摇了摇头。

"没有，嗯，一点儿小伤。"

克劳斯·哈根想了一会儿，他让童妮娅到柜台后面来，然后拿出了急救箱。童妮娅坐在办公桌的椅子上，他把她腿上的血迹清理干净，然后给她贴了一块创可贴。童妮娅从来没有见过那样的创可贴。

"好了。"克劳斯·哈根包扎好后，让她坐回柜台外的椅子上去。

"谢谢，"童妮娅说，"克劳斯，我希望你能帮我一个忙。"

"什么忙？"这位露营地的主人不可置信地问道。

"我希望你不要买古恩瓦尔德的农场。"

克劳斯·哈根把急救箱重重地合了起来。

"童鲁特，这里不是所有事都是你说了算。"

"是童妮娅。"童妮娅纠正道。

"童妮娅，这件事情和你没有关系，这是生意。我是开露营地的，我需要挣钱。现在我有机会能够在这里买到一块更好的地，这能够让我的健康营地有更大的发展，我为什么不买？我一定会买的！"

童妮娅跳下椅子。

"可是那是古恩瓦尔德的农场！"她大喊道。

"那可是一块风水宝地，你知道吗，童鲁特？我在云母谷有个很大的计划，不买那块地的话我就是个傻子。"

"可是，你不是已经挣了很多钱了吗？"童妮娅问道。

克劳斯·哈根顿了一下，然后开始大笑。童妮娅从来都没有见他笑过。

"幸亏你不是个做生意的人，小朋友，"他慢慢说道，"钱是永远都挣不完的，人永远不能自我满足，永远都不能。一旦一个人开始变得满足起来，那他就完蛋了。"

童妮娅站在这个富有的男人面前，真想好好地给他的脑袋来上一拳。家庭、朋友、小提琴、山、水，还有不断上升的海平面，这些都非常重要，比钱重要得多。没有钱人们也可以坐船。童妮娅还记得那次她把这里的玻璃窗给打破了，克劳斯·哈根把钱拿走了，却把盒子还给了她。

当童妮娅贴着创可贴离去的时候，克劳斯·哈根站在窗前，微笑着看着窗外。可能他觉得他终于让这个"云母谷的小雷神"开窍了吧。

那他真是大错特错了。

第 21 章

无人知晓即将发生的事情

童妮娅坐在洗衣机的后面。她刚刚和古恩瓦尔德通过电话。她告诉他有关羊群和春天的事情，但是古恩瓦尔德只是默默地听着。当童妮娅告诉古恩瓦尔德她看见海蒂跳到河里的时候，古恩瓦尔德说他必须挂电话了。他不能听到关于海蒂的事情。

童妮娅实在是太想念古恩瓦尔德了，她坐在洗衣机后悄悄地哭泣着。啊，她是那么地讨厌海蒂。她恨她！童妮娅看着电话，思考了一会儿，拨了一个新的号码。

"乌拉，是你吗？"童妮娅小声问道。最好别让爸爸知道这件事，这样能够让他别被牵扯进来。

"是我啊。你的声音怎么那么小？"乌拉问。

童妮娅往洗衣机的后面钻了钻。

"你明天能不能逃课，坐船到这里来？"她迅速地问道。

"可以。"乌拉回答。

上帝保佑，幸亏世界上还有像乌拉这样的人在，做事能够不那么"前怕狼，后怕虎"的。

"太棒了！"童妮娅说，"我们十点四十五的时候在码头见。"

"童妮娅，有个问题，我没有钱啊。"

"跟船员勇说你是来见我的，你必须上船。"

"等等！"乌拉问，"我们要干吗？"

童妮娅咬了咬下嘴唇，压低声音，说："我们要去实行你的那个计划，我们要去绑架海蒂的狗。"

第二天早上醒来的时候，童妮娅觉得肚子疼。但是她还是像往常一样，吃早饭，和爸爸聊天，刷牙，用尽全力跑到桥边去坐校车。等校车开到山下的镇子里的时候，她对司机里瑟说：

"您好，我今天在这里下车。"

里瑟转过身来，问她：

"你今天不去上学吗？"

"是的，今天不去了。"

"你病了？"

"没有。"

"你要去看牙医吗？"

"不是的。"

"你要逃课？"

"这取决于别人是怎么看这个问题的。"童妮娅回答道。

里瑟停下了校车，但是她没有开门。她是一名校车司机，她的工作就是护送孩子们去学校，无论他们想不想去。她想知道童妮娅有没有想过该怎么向达格尼老师交代。童妮娅站在里瑟面前，郑重地说：

"我保证，这是我唯一的一次逃课。"

她们严肃地握了握手。

"走吧，'小雷神'。"里瑟把门打开，让她走了。

之后，也许童妮娅会后悔让里瑟把那扇门打开。

"那个船员说以后要好好教训你一下，"乌拉告诉童妮娅，他穿着他的肥腿裤，"他还说，因为你的缘故，他们会破产的。"

"我现在是个有实力的雪橇制造者，我以后会把钱一次还清的。"童妮娅解释道。

他们走过云母谷的小河，没有人看到他们。乌拉的裤脚已经湿了，但是他没有抱怨。

"这里的春天看上去和冬天完全不同！"

童妮娅心不在焉地听着，她没有心情注意这些。

他们最大的挑战就是要经过萨丽的家，而且不能被她看到。爱尔姑妈曾经告诉过童妮娅，让她从屋后面走，而不要沿着围栏走。屋后的灌木丛长得很高，但必须忍受被灌木丛刮到，别无他法。

"这是一条给那些有耐心的人走的路。"爱尔姑妈这样说道。

"正是因为爱尔姑妈的人生本来就是由忍耐构成的，所以她一直都走那条路。"伊顿姑妈说。

童妮娅和乌拉现在非常有耐心。他们悄悄地沿着萨丽家的屋后慢慢地走。他们就像两只疯兔子似的跳到了云母谷的小桥边。童妮娅有些恶心。她不知道到底是那条大狗更恐怖，还是绑架这件事更恐怖。她觉得很难受。

"你是不是特别害怕狗？"乌拉问。

"是的。"

"那么，你是我见过的最勇敢的人。因为你竟然敢去绑架一条狗。"

"我没有这么勇敢。"童妮娅解释道。

"你的意思是，我去绑架那条狗？"乌拉问。

童妮娅点了点头。乌拉没有害怕，他挺起肩膀，好像他要去做的是件很平常的事情那样。

他们悄悄地猫着腰来到古恩瓦尔德的农场的后面。乌拉终于看见了那条狗，他现在明白为什么童妮娅的脸会像一张桌布那么白了，它的皮毛在阳光下闪闪发光。

"哇，"他小声说，"如果我能够有那样的一条狗，就没有人敢欺负我了。"

整个计划非常简单。他们在农场的后面等着海蒂离开，然后他们跑到旗杆那里，把狗牵走，带到童妮娅家的农场去，把狗藏起来。他们在心里把这个计划一遍又一遍地默念着。

"我们应该写封信，"乌拉说，"我们从报纸上把字母剪下来，拼成一封信，就写：如果不放弃古恩瓦尔德的农场的话，我们就杀了你的狗。"

"我们不能杀了那条狗，"童妮娅说，"我们只需要等她放弃后，就可以把它还回去。"

"我们现在可以先这样写啊，即使我们不会这么做。"乌拉坚持道。

"不行！"童妮娅不同意。

"童妮娅，你的压力真的太大了，你有口香糖吗？我们必须把自己弄得脏一些，不然会在信上留下我们的指纹的。"

幸亏他们还有计划需要讨论，因为看起来海蒂哪里都不想去。乌拉给童妮娅讲述了他在芬兰的故事，这时，门响了。童妮娅的心脏几乎停止了跳动。古恩瓦尔德，保佑我们吧，现在开始了。

海蒂走到旗杆那里喂她的狗。围墙外，两双眼睛一直注视着她。

"她可真高啊！"乌拉震撼地说道。

他们听到手机铃响了。海蒂靠在旗杆上接电话：

"是的，我已经和律师讨论过了，他说……不是，我们明天就可以……六点？是的，……不是，我不会回法兰克福，……我会，……你说什么？……童鲁特？"

童妮娅愣愣地看着乌拉，一定是克劳斯·哈根

打来的。他们谈到了她！童妮娅听到海蒂在笑。他们是在嘲笑她吗？

"她昨天去找你了吗？"海蒂问道。

童妮娅悲伤地看着乌拉。他们这两个恐怖的大人就这样谈论着她，像是在谈论一只小蚂蚁那样，无足挂齿。

没过多久，海蒂就不笑了，她有些生气了，然后对话就结束了。海蒂对着空气说道："真是个坏家伙。"

她收起电话，消失在了牲畜棚里。

"就是现在！"乌拉站起来翻过围栏。童妮娅看到他冲向了那条狗。他一点儿都不害怕，他的头发在阳光下闪闪发光。

但是，没过多久，童妮娅就知道事情发展得不是很顺利。如果乌拉出了什么事儿的话，她一辈子都不会原谅自己的。她不能像一个胆小鬼似的永远躲在这里！她怎么能给她的朋友打电话，让他来做这么危险的事情，而自己却躲了起来呢？她必须去帮助乌拉！

"我可以做到！"她对自己说。

她的心跳得飞快，快跳到她的嗓子眼儿里了，但是她的手里紧紧地握住了拴着那条大狗的绳子。乌拉站在一旁上蹿下跳，不时地看看牲畜棚那里，让她赶快放手。但是童妮娅没有放手，她听不到狗冲她狂吠的声音，因为现在，她的耳边响起的是《蓝人啊，蓝人啊，我的老山羊》这首歌，还有古恩瓦尔德的声音。

当那头野兽疯狂地咬住童妮娅的胳膊的时候，古恩瓦尔德演奏小提琴的声音在童妮娅的耳边响起了，但是她能够听到尖利的犬牙咬进她的皮肤那一瞬间的声音。童妮娅吓坏了，她不知道该怎么办，她的耳边全是小提琴的声音，她听不见乌拉的呼喊声，也听不见大狗的咆哮声。

"放开童妮娅！"乌拉冲着那条大狗不停地大

喊着，想要把它拖走，"快放开童妮娅，放开她！"

现在，她要死了。她知道。

海蒂从牲畜棚里冲了出来，她命令大狗把童妮娅放开。"云母谷的小雷神"蹒跚着向后退去，她的一头鬈发在风中飘动。

那条大狗在哭泣，童妮娅也在哭泣。太阳默默地挂在天空。

"童妮娅！童妮娅！"乌拉紧张地大喊，"应该是我去把狗弄来的！"

"你给我闭嘴！"海蒂生气地斥责道，她跪在童妮娅旁边。

她拿出她的手机。

"西古尔，你现在必须立刻开车去巴尔克维卡买狂犬疫苗。"

晚上，爸爸坐在童妮娅的床边，一言不发。童妮娅哭泣着，她的胳膊上面绑着绷带，但是她不是因为这个才哭的。她是为人生的不幸而哭泣。她为古恩瓦尔德还住在医院里，而且永远都不能回家而哭泣。她为海蒂要把农场卖给克劳斯·哈根而哭泣。而最让她感到伤心的，是她觉得自己只是一个小孩，什么都做不了。

"海蒂把自己的狗杀了。"沉默了一会儿，爸爸突然说。

那一刻，童妮娅停止了哭泣，一脸惊恐地看着爸爸。

"她把它给杀了？"她问道。

爸爸点了点头。

童妮娅扑到爸爸的怀里，哇哇大哭。

第 22 章

老尼尔斯酒后吐真言

几天后，当童妮娅放学回到云母谷山下的镇子里的时候，她不想回家。因为她不想看到那座已经不属于古恩瓦尔德的农场，也不想看到因为她的缘故而不再拴着一条大狗的旗杆。而她最不想见到的，就是海蒂。她这一辈子都不想再见到海蒂了。

但是，她来这里干什么呢？童妮娅漫无目的地走着，她突然看到了老尼尔斯拄着拐杖在外面转悠。童妮娅背着手站着望了一会儿。尼尔斯拄着拐杖经过了废弃的小卖部，他接着就到了去往码头的路上。童妮娅觉得她最好过去把他送回家，不然他很有可能不小心跌到海里去。

"来，我扶你。"童妮娅边说边扶起尼尔斯的胳膊。

"我自己能行。"尼尔斯抱怨着。

童妮娅迈着小碎步，扶着这位老人。他们停下来休息了一会儿。

"小海蒂真的回来了吗？"他问道。

她可一点都不"小"啊，童妮娅这样想着，但是她点了点头。讨厌的海蒂。她不由得和尼尔斯说起了这几天发生的那些可怕的事情。那是一个漫长的、没有结尾的、可怕的故事。尼尔斯边听边点头。童妮娅知道，他已经听不清了。但是，当她讲完的时候，他突然拿出斯努斯，然后说：

"我记得她离开那天发生的事情。"

尼尔斯的眼睛没有看童妮娅，也没有看着码头。他似乎在看着那一天发生的事情。三十年前的那一天，那时，尼尔斯还是个卡车司机，和安娜住在他们的家里；古恩瓦尔德还年轻，有一头黑发，是云母谷里最强壮的人。

"海蒂离开的那一天，古恩瓦尔德来找我，"

他的声音听上去不再那么含糊不清，"我从来没有见过一个那么绝望和伤心的人。古恩瓦尔德是那么喜欢他的女儿，没有人知道这件事。可怜的小海蒂，她也那么地喜欢古恩瓦尔德……"

"她才不是这样的呢！她离开了他！"

童妮娅的声音听上去和住在医院里的古恩瓦尔德一样愤怒。尼尔斯把斯努斯放好，笑了笑。

"古恩瓦尔德是这么说的，对吧？但是，童妮娅，其实那个安娜·辛姆曼才是整件事的罪魁祸首。是她来把海蒂接走的，就像是接走了一个包裹。"

"但是海蒂和她住在一起啊。"童妮娅坚持道。

尼尔斯转过身，看着她，说："你妈妈离开家的日子里，你就不想去看看她吗？"

童妮娅一屁股坐在了长椅上。

是的，在那些日子里，她非常地想念妈妈。妈妈把所有重要的东西都收拾好，放在了一个红箱子里。童妮娅总是会想象妈妈在海边工作时的样子，在一所小房子里，或者是在一艘大船上。她还会想，爸爸什么时候会开始思念妈妈，想让她赶快回家，而不是为她的离去而悲伤呢。童妮娅永远都不能离开爸爸。但是为什么呢？如果妈妈要求她一起到海边去呢？

"或许吧。"童妮娅回答道，她不高兴地看着尼尔斯。

"童妮娅，大人们总是会做一些傻事。"

他自己摇了摇头。

"但是有件事很重要。"

他转身面对着童妮娅。

"孩子是没有错的。"

尼尔斯用手敲了敲童妮娅的膝盖，在他说这番话的时候，就好像要把这句话刻在童妮娅的身上一样："孩子——是——没有——错的。"

"这句话是什么意思？"童妮娅不解地问。

"一切都是大人们的错，都是大人们的错啊。"

尼尔斯的声音听上去有些沙哑。

他们静静地坐了很久。海鸥在他们周围盘旋和尖叫，码头边的木板在轻轻地摇晃着。

"古恩瓦尔德从来就没有明白过这个道理，"尼尔斯最后轻轻地说着，"那时的海蒂还是个孩子啊。"

"但是她现在不是了啊。"童妮娅又说道。

"她那时能怎么样呢？"尼尔斯问，"海蒂很有拉小提琴的天赋，她是遗传了她爸爸的。当安娜·辛姆曼发现海蒂的天赋的时候，她就决定要把海蒂带到德国去，让她好好学习古典音乐。你可以问问，古恩瓦尔德在海蒂走后有没有给她打过电话，或者问问他有没有给她写过信，或者是去看望她。你问了就会明白的，童妮娅。"

童妮娅有些失落。"他做过这些事吗？"

"去问古恩瓦尔德。"尼尔斯嘟囔着。

童妮娅又想起了她叔叔问古恩瓦尔德关于海蒂的事情，古恩瓦尔德就气得把椅子摔到了墙上。

"我说得有点多了。你现在要送我回家了，不然我家可爱美丽的小安娜就会敲我的脑袋的。"尼尔斯一边嘟囔着，一边起身准备走了。

当童妮娅把尼尔斯送回福利院的时候，她的内心充满了各种想法。她看见泰奥站在他的美发店前抽烟。

"你还没有戒烟吗？"童妮娅严肃地问道。

"还没，"泰奥回答道，"现在我被马蒂斯下的一窝小狗崽儿搞得快疯了。勇养的那只坏狗是它们的爸爸。那两只大狗也不知是什么时候在一起的，"他几乎喊了出来，"现在它们都开始调皮捣蛋了。"

童妮娅自己的麻烦已经够多的了，她不想再管闲事了。但是泰奥一把把她拉进了他的美发店。"你看！"他说。

洁白小巧的马蒂斯的周围围着五只可爱的小狗崽儿。童妮娅想离开，但是在她意识到之前，泰奥

已经把其中一只小狗放在了她的怀里。

"拿好！"泰奥说，"这只归你了，童妮娅。"

童妮娅用尽全力让自己不要被吓得晕过去。这只小狗在她的怀中挣扎着想要离开。

"拿好！"泰奥说。

"我不想要！"

她慌乱地看着泰奥，但是他没有把小狗接回去。她仿佛感受到了怀里的这个小东西有力的心跳。

"好吧，我来养它，"她小声说道，"谢谢。"

第23章

海蒂和童妮娅的"拉锯战"

晚餐后，童妮娅出门了。她迈着颤颤悠悠的步伐走过农场，经过旗杆，走上石台阶。那只小狗崽儿在来的路上哭了，不过说真的，童妮娅自己也哭了。

她敲了敲门，没有人应门。童妮娅使劲往里看。她又敲了敲门，但是门是锁着的。她绕到屋子后面的窗户那里往里看，看见海蒂正背对着她站在厨房里。童妮娅敲了敲窗户，海蒂转过身来冷漠地看着她，然后把窗帘拉上了。

"我是不会走的！"童妮娅大喊，"我会一直等到你出来的！"

童妮娅坐在门前的台阶上。她从家里带来了一条毯子，垫在身下。在这么冷的天气里，如果一个

人在石台阶上坐得太久的话，会得尿道炎的。童妮娅觉得自己需要在这里坐上很久。

"好吧，小狗狗，我们就在这里等着吧，"她用颤抖着的双手安慰地拍了拍小狗崽儿，"我一定要把你给送出去。"

于是，云母谷里的一场"拉锯战"就这样打响了。一边是古恩瓦尔德家门外坐着的那个坚定的小女孩，一边是门里的海蒂。海蒂等着童妮娅离开。童妮娅等着海蒂把门打开。

童妮娅在门口坐了两个多小时，差不多到了六点的时候，克劳斯·哈根来了。他把车停在农场外。

"你把她锁在屋里了吗？"他问。

"是我被她关在门外了。"童妮娅解释道。

克劳斯·哈根请童妮娅离开，但是童妮娅不走。

"阿德海德·辛姆曼！我是哈根！"他对着屋里大喊，"我们六点的时候有个会要开！"

童妮娅整理了一下自己的衣服。

"童鲁特，你省省吧！"克劳斯·哈根生气地说道，"你不要妄想毁了这桩买卖，你会失败的。"

他绕到屋子后面，去敲窗户，敲了很久。但屋子里什么声音都没有，他不得不悻悻而归。

他走了之后，屋子里还是一点儿声音都没有。童妮娅靠在门上，闭上了眼睛。

她知道她睡着了，一个人抚摩她的脸颊时，她醒了过来。

"童妮娅，你不回家吗？"

是爸爸。他看着那只小狗，还有那扇紧闭着的门。童妮娅摇了摇头。

"嗯。"爸爸明白了。

他离开了。半个小时后，他带着些热汤还有一碗给小狗吃的剩饭回来了。

"你知道你可能要在这里过一夜吗？"他问童妮娅，同时看看那扇依然紧闭的大门。

"相信我。"

他用食指刮了一下童妮娅的鼻子，微笑着走了。

"我的爸爸。"童妮娅喃喃自语，目送着爸爸回到家。

这一个漫长的夜晚，让童妮娅彻底地克服了对狗的恐惧。她抱着这只吵吵闹闹的小狗待了大半夜。当童妮娅觉得它被冻得发抖的时候，她把它放进了自己的毛衣里。小狗把脑袋从童妮娅的毛衣领子里伸了出来。它柔软的毛弄得童妮娅痒痒的。

"我有两个脑袋。"童妮娅笑了出来。

夏天的时候，有许多次，童妮娅都会和姑妈睡在外面。她们有时会去森林边，有时会去河边。当夜幕降临后，小鸟也不叫了，云母谷里只能听到河水潺潺的流动声。那样入眠真的是件很幸福的事情。童妮娅靠在门上，想象着自己现在是在夏天的野外，一阵晚风拂过她的面颊，她看见远处自己家里的灯灭了，于是，她闭上了眼睛。

凌晨三点的时候，童妮娅被冻醒了。下雨了！她和小狗都被淋成了落汤鸡。

"海蒂，你必须开开门，不然我们会生病的！"童妮娅无力地喊着。

没有人来开门。

童妮娅现在又累又冷。她想起了另外一件事，她向里瑟保证过，绝对不会再逃课了。可是，如果海蒂明天早上也不开门可怎么办？她必须去上学啊。

"海蒂，我求求你了！"

没有任何回应。人们完全可以认为海蒂已经死了。为了安慰自己，童妮娅唱起了《蓝人啊，蓝人啊，我的老山羊》。她一遍又一遍地唱着这首歌。

童妮娅心满意足地想着：没有人会像我这样唱这首歌，也没有人会像古恩瓦尔德那样拉这段歌曲。

但是，她突然听到了一阵小提琴声。

童妮娅突然害怕起来。她曾经看过《卖火柴的小女孩》的故事，那个贫穷的小女孩冻死在了平安夜。

临死前，小女孩看见了她梦中出现的东西。

"我是不是要冻死了？要不然我怎么会听到古恩瓦尔德的琴声呢？"童妮娅坐起身来，摇了摇头。

《蓝人啊，蓝人啊，我的老山羊》的旋律从门里传了出来。现在，童妮娅知道，这不是古恩瓦尔德在演奏。童妮娅非常确定。这就像是用不一样的小提琴拉同样的乐曲，给人的感觉也是不同的。童妮娅已经被冻得麻木了，小狗也是。

当音乐声停下来的时候，童妮娅站起身，把耳朵贴在门上使劲儿地听。突然，有人把门给打开了，童妮娅像一个布袋子似的倒在了过道里。她倒下的时候没有忘记转过身，让后背先着地，不然，她怀里的小狗就会被压成肉饼。

她躺在地上，就像是一只从水里捞上来的绵羊。她面前站着海蒂，海蒂手里拿着小提琴，一言不发。

第 24 章

童妮娅终于知道了那本书的结局

"我给你带来了一只小狗。"童妮娅躺在地板上说。

海蒂看见了那个从毛衣领子里面冒出来的小脑袋。"这是我这辈子见过的最丑的一只狗。"她说。

童妮娅点了点头。"但是它不咬人。"

海蒂伸出手,把童妮娅拉了起来。

之后,童妮娅穿着海蒂的一件大毛衣,坐在沙发上。这件毛衣非常温暖。她的湿衣服被放在炉边烤干。她还喝了一杯热可可。这杯饮料里面有黑巧克力,还有红辣椒。她从来没有喝过这样的可可。

她走到那个高大的人面前,清了清嗓子,低着头说:"海蒂,我为那只狗发生的不幸感到非常抱歉。"

　　海蒂摆了摆手，说："嗯，那只狗伤害了人类。我其实很早以前就应该让它离去的，但是我就是不忍心。它是我一个朋友的狗，他去世了，于是把狗留给了我。他住在我的农场……"

　　"你有一个农场？"童妮娅吃惊地问道。

　　海蒂点了点头。

　　"我在奥地利有一个农场，但是我只是偶尔才会去那里。我自己不经营那个农场。"

　　"你是住在法兰克福吗？"童妮娅问道。

　　"是的，我在那里有一个庄园。安娜去世以后，我就住在那里。"

　　"你平时住在那里吗？"

　　"嗯，如果我在香港住腻了，我就会去那里住。"

　　"香港？"

　　"或者是葡萄牙。"

　　童妮娅很震惊。

　　"你是不是很有钱？"

海蒂笑了。她笑得很开心。

"是的，很不幸，你猜对了。"她说道。

她把可可杯拿在手里，坐在地板上。

"你去过格陵兰吗？"童妮娅问道。

"没有去过。"海蒂回答。

"我妈妈在那里工作。"

"你是说格陵兰吗？"

童妮娅觉得能和一个愿意听她讲她妈妈的事情的人聊天是件非常高兴的事。她把妈妈在电话里面告诉她的事情都讲了一遍：海平面在上升，妈妈在搞研究，格陵兰岛现在的情况如何等等。

"她很快就会回家了，因为她现在特别想念云母谷。"童妮娅最后说道。

海蒂微微一笑。

"是的，当一个人离开这里，到别的地方去之后，很难忘记这里。"

"你是说当一个人离开云母谷后，会特别想念这里，对吗？"童妮娅问道。

"是的，会想念这里的，"海蒂说，"人们会特别想念这里，想得肚子都疼了。"

"每一天都是这样吗？"童妮娅吃惊地问道。

"每一天。"

童妮娅还从来没有见过表情变化得比海蒂还要快的人。这个高大的女人突然站了起来，她把炉子边上热着的可可端起来，然后转过身对着童妮娅。

"你是不是和古恩瓦尔德很熟？"

童妮娅点点头。

"他提到过我吗？"

"什么？"童妮娅说，她真希望海蒂可以问她些别的问题。

"古恩瓦尔德说起过我的名字吗？"

童妮娅真希望能给她一个肯定的回答，但是，古恩瓦尔德从来没有提到过有关她女儿的任何事情。童妮娅盯着她手中的热可可，看着红色的辣椒

在里面飘来飘去。

"他提过吗？"海蒂又问了一遍。

"没有提过。"童妮娅小声地回答道。

一片沉默。童妮娅往沙发里面坐了坐，这时，她看见了餐桌上面的那本小绿书。

"你几乎和那本书里的海蒂一模一样。你也叫海蒂，而且也去了法兰克福。"

"是的。"

海蒂抚摸着那本书，告诉童妮娅，古恩瓦尔德以前会给她讲这本书里的故事。

"他会讲故事？"

古恩瓦尔德从来没有给童妮娅讲过什么故事。

"是的，这是我最喜欢的一本书。我们一起看这本书看了有三十遍，"海蒂说，"我们会玩游戏，我扮演书中的海蒂，古恩瓦尔德扮演书中的祖父。"

童妮娅几乎有些嫉妒海蒂了。她真希望能有一本书，书里面的小女孩也叫童妮娅。

"海蒂最后怎么样了？我没有读完这个故事。你和那只狗打断了我的阅读。"

海蒂拿起那本书，把它打开，坐到了沙发上。

"我可以读给你听。"

她们花了一点时间来找童妮娅上一次看到了哪里，最后她们找到了，童妮娅读到了第71页。

坐在这里，听着一个刚刚还让童妮娅气得不行的女人给她念书，是不是有些不可思议？但是，没过多久，童妮娅和海蒂就沉浸在了这个故事中，她们忘记了时间，忘记了她们本不是朋友。

故事里的海蒂在法兰克福过得非常不快乐。她想要回家，吃不下饭，然后她开始不停地睡觉，人们都觉得那所房子里面有鬼。一位慈祥的医生最后诊断出了海蒂的问题所在，那时，海蒂已经奄奄一息了。

"一个人会因为思乡而死吗？"童妮娅吃惊地

问道。

海蒂不知道，她认为可能作家有些夸张了。但是故事里的医生说，唯一的办法就是让海蒂回家，和她的祖父在一起生活。

"对！"童妮娅大叫。

她们看完这个故事的第一部分时，已经是早上六点了。故事里的海蒂回到了她的家乡，故事有了一个圆满的结局，所有人都很高兴。

"这是我听过的最棒的故事！"童妮娅认真地说道，"你觉不觉得这个故事和你很像，就像是发生在云母谷的一样？"

海蒂点点头。

"你为什么不回到这里，回到古恩瓦尔德的身边呢？"童妮娅最后小声地问。

过了很久，海蒂才回答。

"古恩瓦尔德从来没有问过我。"

童妮娅慢慢地站起来，看着海蒂的大眼睛。

"他没有问过吗？"

海蒂摇了摇头。

"安娜来接我的时候，我觉得自己像是故事里面的海蒂一样。她就像是故事中的迪特姨妈，虽然她实际上是我的妈妈。刚到法兰克福的时候，日子过得还挺开心的，我每天都能拉小提琴，还有一个很棒的老师来教我。安娜控制了我的一切。你知道吗？我以前从来都没有想过她。"

童妮娅点点头。是的，她可以理解。

"但是我总觉得古恩瓦尔德应该给我打电话，告诉我我很快就能回到云母谷了，"海蒂说，"我以为自己只是要在法兰克福待上一阵子而已。就像故事里的海蒂那样，我每天都在想念云母谷，想念西古尔，想念古恩瓦尔德。我最想的就是他，古恩瓦尔德。最后我甚至自己打电话到家里去，但是没有人接电话。"

海蒂沉默了一会儿。

　　"古恩瓦尔德从来没有给我打过电话，一次都没有。童妮娅，他不要做我的爸爸了。"

　　童妮娅坐在沙发里，穿着那件大毛衣，她觉得心里有什么东西在翻滚着。古恩瓦尔德怎么会这样？他对她是那么地好，那么地亲切，可是，他竟然这样对海蒂。他难道不知道做一个爸爸是多么快乐的一件事吗？她转过身去，把脸埋在沙发靠垫里。她不想让海蒂看见她哭泣。

　　海蒂把童妮娅送回家的时候，爸爸什么都没有说，他只是微笑着，给她们做了早饭。童妮娅去学校的时候，她知道了三件事。第一件事：爸爸和海蒂还坐在厨房里面喝咖啡。第二件事：海蒂没有去克劳斯·哈根那里把农场卖掉。第三件事：她现在对古恩瓦尔德特别失望。

第 25 章

童妮娅见到了一位老人

"三胞胎！"童妮娅高兴得手舞足蹈。

"你可真是不知道怎么做一个农民啊。"爸爸疲惫地说。

他最愿意母羊产下双胞胎。如果母羊产下的是三胞胎，那就有点儿麻烦了。因为他知道，三只羊中，总会有一只"奶瓶羊"。什么是"奶瓶羊"呢？就是必须要人工用奶瓶天天给它喂奶的羊。这项工作很费力。所以，爸爸最喜欢双胞胎。但是童妮娅最喜欢三胞胎，她喜欢给小羊喂奶，她希望所有的母羊都生三胞胎。

他们已经忙了一天一夜了。爸爸和海蒂都在他们各自的农场里守护着要分娩的母羊，没有睡过觉。彼得会时不时地来和他们换换班，让他们能休

息一下。童妮娅特别想要帮忙，但是爸爸不允许。因为她白天要上学，所以晚上必须好好睡觉。

"一个没有熬过夜的人怎么能成为一个好农民啊？"童妮娅生气地大喊。

爸爸说不用担心，一切都会顺利地进行的。而且这个九岁的小姑娘向他保证过，每个月只有一个晚上能够不睡觉，而这个月的"不睡觉日"已经在海蒂家用过了。

童妮娅现在很喜欢海蒂。她会拉小提琴，会做非常好吃的饭菜，还可以照顾小羊。她还能跳过小河，让爸爸哈哈大笑。因为海蒂已经很久都没有干农活了，所以爸爸就教她怎么帮羊产崽。有一天，童妮娅走进牲畜棚，看见爸爸和海蒂坐在农场里，边笑边说着些什么，绵羊和小狗就在他们的周围跑来跑去。

"你们在笑什么啊？"童妮娅问道。

但是爸爸和海蒂都不说，他们只是一直在笑。

童妮娅渐渐地知道了：海蒂和爸爸曾经亲如姐弟。她问爸爸有关过去的事情。爸爸告诉她他们是怎么玩的，还有那时的海蒂有多凶，他和他弟弟都必须按照海蒂说的去做。

是的，童妮娅和爸爸谈论了许多关于过去的事情。但是有件事童妮娅一直都不想提，那就是古恩瓦尔德。每当爸爸问她要不要去医院看看古恩瓦尔德的时候，童妮娅就会转移话题。

有一天，古恩瓦尔德打来了电话，要找她讲话。

"童妮娅，他想和你说话。"爸爸握着听筒，对她说。

童妮娅站在那里看了一会儿电话机，然后转身跑了。她咬着唇飞快地奔跑着，直到她感觉嘴里面有了血的味道才停下来。她不想和古恩瓦尔德讲话。

爸爸正在把今天刚出生的三胞胎小羊身上的污血擦干净。

"爸爸，今天晚上让我在这里看着吧，你去睡

觉吧，"童妮娅要求着，"我能行！"

"我知道你可以，但是你必须去睡觉。"爸爸说。

"但是你已经很累了。"童妮娅说道。

"我永远都不会累的。"爸爸边说边走出门口。

走之前他拍了拍童妮娅的脑袋。

"今天我们吃约克肉饼。"他说道。

"我没有不高兴，"童妮娅说，"我永远都不会不高兴。"

爸爸又拍了拍她的脑袋，然后走了出去。童妮娅也一起走了出去。突然，他们两个人都站住了。

爱尔姑妈说，世界上再也没有人会像童妮娅那样子叫"妈妈"这两个字了。

她说："你喊得就像是谷里所有的树干都在发出响声，回荡在整个云母谷里。"

现在，童妮娅又一次这样叫了出来。他们前方不远处，阳光下，童妮娅的妈妈，她就站在那里。她用双臂紧紧地搂住了童妮娅，她身上的毛衣散发出好闻的味道，夹杂着海洋的气息。童妮娅可以闻上一整天。

"上帝啊，我实在是太想你们了。"妈妈把头埋进卷发还有络腮胡中轻轻地说着，童妮娅的叫喊声还在谷间不停地回荡着。

等妈妈把行李放下，摸了摸海鸥盖尔的喙后，爸爸终于可以做一个"疲惫的爸爸"了，而童妮娅也终于可以变成一个"不高兴的童妮娅"了。因为妈妈回来了。我们美丽、善良、温暖的妈妈回来了。

爸爸在沙发上睡得就像是一个小孩子一样。妈妈亲了亲他的额头，把毯子盖在了他的身上，然后她带着童妮娅来到牲畜棚。她们紧紧地坐在一起，看护着要分娩的母羊。童妮娅把这段时间发生的事情不停地告诉妈妈。

"古恩瓦尔德从来都没有给海蒂打过电话。"她嘟囔着。

"童妮娅，明天我们一起去看望古恩瓦尔德。"妈妈说。

"我不去。"童妮娅拒绝。

"必须去。"妈妈说。

真的很奇怪，事情总是会像妈妈说的那样子发生。

童妮娅想：我是跟着妈妈来的。

妈妈和童妮娅现在正站在古恩瓦尔德的屋门外。他现在不住在医院里了，而是住在市外一个可以帮助他练习走路的地方。妈妈敲门的那一刻，童妮娅的心一直在狂跳。

"请进。"她们走进一间明亮的房间里。

屋子中间的一把手扶椅上坐着一个老人。

"我的天，古恩瓦尔德，"妈妈说，"你的头发怎么了？"

他们为他理了发，妈妈都快认不出他是古恩瓦尔德了；还有，他看上去很苍白，很瘦。

妈妈走向古恩瓦尔德，用手摸了摸他的头发。他们互相聊着天。古恩瓦尔德讲述了他的大腿和脚踝的手术，问了关于格陵兰岛的事情，还有海平面上升的事，——但是，整个过程中他都没有看童妮娅一眼。童妮娅站在那里，她不想看古恩瓦尔德，她不想待在这里。

"童妮娅？"

她没有回答。她知道现在古恩瓦尔德正看着她。她最后还是抬起了头，看了他一眼。她简直认不出这是古恩瓦尔德了。他的脸颊都瘦得凹陷进去了。古恩瓦尔德颤抖着说：

"童妮娅，没有了你我该怎么办呢？"

童妮娅从地上跳起来，飞奔了过去，用双手紧紧地搂住了古恩瓦尔德的脖子。

"你真是我见过的最笨的人！"她哭着说。

是的，他确实是。他又高又笨，但是他仍然是她最好的朋友。她想念他想得都快发疯了。

"我现在要出去买些面包。"妈妈说。

当屋子里面只剩下童妮娅和古恩瓦尔德的时候，她坐到了桌子另一边的椅子上。她知道古恩瓦尔德要问她关于学校、羊和天气等等琐事，但是她不想回答。

"你为什么不给海蒂打电话？"

古恩瓦尔德知道，如果他还想要这个教女的话，他现在就必须好好地回答这个问题。他深吸了一口气，把手放在膝盖上。

"童妮娅，我实在是太生安娜·辛姆曼的气了，"他说道，"一开始，她问都没问就把海蒂带到我这里来了。然后，海蒂和我一起生活，我看着她一天天长大，我真的很爱她。接着，安娜又是问都不问就回来把海蒂带走了。海蒂和她一起走了，海蒂想要离开我！"

古恩瓦尔德的脸上写满了悲伤。

"孩子是没有错的。"童妮娅无意识地说出了这句话。

"是的，我知道。"古恩瓦尔德说。

"海蒂一直都非常想念这里，是你不想让她回来的。"

"是的，是我！"

"那你为什么不打电话告诉她呢？"

现在，童妮娅气得喊了出来，古恩瓦尔德痛苦地抓着自己新剪的头发，它们太短了。

"童妮娅，你根本就不知道是怎么一回事儿。我用这么多年想要忘记她，我……"

"你不能这么想！"童妮娅咆哮着，"如果一个人做了爸爸，那他就一辈子都是爸爸！即便是发生了一些不好的事情也不能不做了。"

古恩瓦尔德看着窗外，然后他又转过身对着童妮娅，他的眼眶里充满了泪水。

　　童妮娅为他感到悲伤，她也为海蒂感到悲伤。现在她的脑海里有一个最坏的人，那就是安娜·辛姆曼。看看她毁掉了什么！

　　童妮娅站起来，擦了擦古恩瓦尔德流淌着泪水的脸。

　　"他们这里刮胡子的手艺不错啊，"她说，"你看起来就像是个正常人了。"

　　"嗯，是的。"

　　"闭上眼睛。"童妮娅要求道。

　　然后童妮娅就开始给他讲述现在云母谷里的树是什么样子，树叶是什么颜色，树枝闻上去是什么味道。

　　"还有小河，"童妮娅说，"小河已经开始流淌了，你知道吗？"

　　"童妮娅，下次来的时候，你能把我的小提琴带来吗？"他问道，"如果还不算晚的话。"他补充道。

"还不晚。"童妮娅向他保证。

古恩瓦尔德吸了一口气。

"海蒂真的很想家吗？"

童妮娅意识到古恩瓦尔德不太相信这件事。她坐下来，认真地看着她最好的朋友。

"是的，"童妮娅非常严肃地说道，"古恩瓦尔德，她每一天都在想念这里，想得肚子都疼了。"

第 26 章

海蒂让童妮娅
看到了一件美妙的事

海蒂说："你有一个很好的妈妈。"

她和童妮娅走在前往夏季牧草场的路上。

童妮娅微笑着。她喜欢听到人们夸奖妈妈，但是，不是所有的人都会这样做。有些人觉得她应该少为海洋操些心。

"你的妈妈呢？"童妮娅问道。

海蒂笑了一下。

"我的妈妈很擅长拉小提琴。"她说。

"你很喜欢她吗？"童妮娅问道。

"所有的人都爱自己的妈妈，"海蒂说，"但是我有些生她的气。"

"古恩瓦尔德也生她的气。"童妮娅说。

这是一次有点儿奇怪的旅行。她到海蒂那里告诉她，古恩瓦尔德想要他的小提琴。海蒂没有给她小提琴，而是拿起小提琴，背上她的橘红色的大背包，让童妮娅回家去换双方便走路的鞋。

"我要给你看些东西。"她是这么说的。

她们现在已经走到了云母谷的夏季牧草场的前面，带着小提琴。

"哈哈，我现在真的非常期待复活节到来！"童妮娅对海蒂说。

因为那时古恩瓦尔德回家了，乌拉、哥哥、伊特，还有他们的妈妈也都会来的。童妮娅想知道海蒂会怎么看乌拉和哥哥呢。当然，她已经见过乌拉了，就是去偷狗的那次。童妮娅现在真的不愿意想到那件事。

云母谷的夏季牧草场一定是这个世界上最好的地方，童妮娅对这一点深信不疑。

"海蒂！我们夏天的时候可以在这里过夜。"

她边跳边对海蒂说着。

但是，童妮娅突然发现她们不是要去牧草场，而是去她们之前去过的小瀑布那里。

"我的腿没有你的长。"童妮娅不满地嘟囔着，然后跟着海蒂准备过河。

不过，现在河里的水没有之前那么多了，那些之前看不见的石头现在全部都露出了水面，组成了一座小桥。

"走在上面要小心滑倒。"海蒂说。

"水里的石头都很滑，我知道。"童妮娅深吸了一口气，带着速度和自信上路了。

她们走过了小河，先是满头卷发的童妮娅，然后是背着橘红色背包的海蒂。

"我以前从来没有来过这里。"童妮娅告诉海蒂，然后望向瀑布后面的那座黑色的山。

"我以前来过这里，"海蒂说，"但是我从来没有带别人来过。"

童妮娅现在兴奋极了，她还从来没有来过这么特别的地方。

但是这种兴奋的状态很快就结束了。海蒂已经穿过了瀑布，走进了它后面的洞穴。童妮娅看到这个洞穴时吃了一惊，因为一般人很难发现它的存在。

这里面一片漆黑，她一边摸索着一边向前走。

"海蒂？"

"快跟上！一直往前走就行了。"

童妮娅慢慢地向前走。水流的声音越来越小了，但是震动的感觉却越来越明显了。她们现在可以说是在瀑布里面吧。

"海蒂？"童妮娅又叫了一声，因为她觉得她已经走了很远的路了，可是，她眼前仍是一片漆黑。

突然，眼前出现了一道光线。童妮娅慢慢走近，她发现她进入了一个特别大的山洞，这里几乎可以容纳下三十个人！"云母谷的小雷神"震惊

了。她一句话都说不出来。一个洞！云母谷里面竟然有这么大的一个山洞！

"欢迎来到我的秘密居所。"海蒂微笑着，伸出手臂欢迎她。

她在这里点燃了几支蜡烛，让她们可以看见彼此。

"这个地方连西古尔都不知道。"她补充道。

在童妮娅还沉浸在震惊中不断打量着这个山洞的时候，海蒂取出了小提琴。

在童妮娅未来的人生中，她将会铭记这一天。她获得了人生中最美妙的一次体验。

伴着水流声，海蒂开始演奏小提琴。

小提琴的声音回荡在山洞里，与水流声完美地结合在了一起，童妮娅感觉到身上的汗毛孔都舒展开了，音乐充满了她的全身。

当音乐停下来的时候，童妮娅仍然说不出一句话。海蒂微笑着。

　　"我小的时候喜欢在这里拉琴。我是在一个夏天的时候发现这里的。我当时在夏季牧草场住了一周，然后想要到瀑布这里来洗澡，于是发现了这里。"

“噢。”童妮娅还是说不出话来。

“童妮娅，你知道吗？我在世界各地都演奏过小提琴，但是，我最想在这里，这个属于我自己的山洞里面拉小提琴。”

童妮娅能够理解。

“你试着唱《蓝人啊，蓝人啊，我的老山羊》这首歌。”海蒂说。

海蒂不用说第二次，就可以让童妮娅唱起这首歌。她的歌声从她的心田里流淌出来。海蒂为她伴奏。当她们表演完后，童妮娅兴奋得站不住脚。

“这是我听过的最棒的音乐。”她开心地说。

海蒂笑了。

回家的路上，两个人都没有说话。她们都还沉浸在那段神奇的经历和美丽的音乐中。当她们快到古恩瓦尔德的农场时，童妮娅清了清嗓子：

“海蒂，复活节的第一天是我的生日，你愿意来吗？”

海蒂吃惊地转过身。

"你过几岁的生日啊？"

"十岁的生日，今年是我的'圆年'。"童妮娅郑重地说道。

"童妮娅·格里姆达尔，很不错嘛。"

海蒂把小提琴从她橘红色的背包里拿了出来。

"现在，你可以去把这把小提琴带给古恩瓦尔德了。"

第27章

童妮娅给盖尔
做了一个巨大的海鸥城堡

"一周后就是我的生日了，明天早上，乌拉、哥哥、伊特，还有他们的妈妈就要提前来云母谷过复活节了，明天下午，"童妮娅喘了一口气，接着说，"明天下午古恩瓦尔德就要回来了。他马上就要见到海蒂了！"

童妮娅躺在床上辗转反侧，她实在是太兴奋了，怎么睡都睡不着。

正当童妮娅兴奋地思考着明天的事情的时候，她突然听到外面传来了发动机的声音。一开始，她以为自己是在做梦，因为这么晚了，有谁会在屋外骑摩托呢？但是，她立刻意识到，她没有在做梦。她爬起来看着窗外：一双穿着带破洞的牛仔裤的修长的腿从一辆摩托车上走下。不远处，另外一个身着绿条纹T恤的身影离开了另外一辆摩托车。

童妮娅使劲擦了擦窗户玻璃。

"爱尔姑妈！伊顿姑妈！"

童妮娅觉得上帝创造出姑妈的那天，是非常美好的一天。

上帝说："今天，我要给大家一个惊喜。"说着，上帝开始创造第一个姑妈。

他把姑妈做得又瘦又高，还长着雀斑，让她笑的时候发出像手风琴那样悦耳的声音。上帝决定让姑妈喜欢一切有趣的事物，还有那些又瘦又长，跑得很快的东西。当他完工的时候，他后退一步，仔细地打量着自己的"作品"。他从来没有见过和这件"作品"一样的东西。他非常满意自己的工作，于是决定要再做一个。最后，上帝造出了两个非常相像的姑妈。

童妮娅觉得，上帝一定花了些时间来决定应该

把她们送给谁，因为无论是谁得到她们，都会同时得到许多欢乐。最后，上帝决定把她们放进祖母的肚子里。因为她已经生了四个男孩儿，变得很胖，而且也不怕再变胖了。祖母给第一个姑妈起名叫"伊顿"，给第二个姑妈起名叫"爱尔"。她觉得她们是世界上最美丽的小东西，她是这么告诉童妮娅的。而上帝，也在天上保佑着她们，因为他会保佑世界上所有的姑妈。但是，他一定需要特别关注一下这两个姑妈，因为她们总会做一些稀奇古怪的事情。当她们长到十岁的时候，上帝决定，要给她们一个惊喜："云母谷的小雷神"降临了，她的膝盖上面还长着雀斑。

童妮娅把这个故事讲给了姑妈们听。她觉得上帝做得真是棒极了。

今年姑妈们提前回来了。她们听说今年云母谷里的积雪融化得比往年要快得多，如果她们还想好好地滑一下雪的话，那她们就必须赶快往家里赶。

她们还听说她们的哥哥为了羊羔出生的事情累得够呛。

"还有，"伊顿姑妈说，"我们听说今年是童妮娅的'圆年'，我们可要好好地庆祝一下。我们要给你做个什么样的蛋糕呢？"

童妮娅哧哧地笑了，然后说：

"我之前答应过海鸥盖尔，要用姜饼给它建一座海鸥城堡。"

早饭后，童妮娅和姑妈们就把她们需要的材料搬到了老房子那里。这间寂静的房子里现在充满了生机。姑妈们总会用她们的朋友和欢笑声把这里给填满。特别是，还有彼得。童妮娅知道他很快就会过来的。他会把他那辆沃尔沃停在牲畜棚的外面，然后慢慢地带着微笑走过来。虽然古恩瓦尔德总是鼓励彼得把他的心意讲出来，但是，这个复活节，彼得一定还是没有勇气告诉伊顿姑妈他对她的爱。他从上小学二年级起，就一直爱着她，已经有十二

年了。

"如果有一天我爱上了什么人，虽然我现在还没有这种经历，但是我知道，我一定会告诉所有我遇到的人，把这件事讲出来，让全世界都知道。"童妮娅对古恩瓦尔德说。

"好的，'莫扎特先生'，你厉害。"古恩瓦尔德说。

老房子里，爱尔姑妈正站在厨房的椅子上去拿那个世界上做饼时用的最大的碗，然后她们就在这间有点儿小的厨房里做起了姜饼。

"我觉得真不应该做这么多的姜饼。"伊顿姑妈说，这时童妮娅已经把三个鸡蛋打进了碗里。海鸥盖尔正站在祖父以前经常坐着的摇椅上，烦躁地叫着。

"它是不是觉得我打的是海鸥蛋？"童妮娅有点奇怪，她让盖尔到别的地方去，如果这样能让它觉得好受一些的话。

童妮娅已经和爱尔姑妈讨论过做这个城堡的所有工序了。伊顿姑妈负责装饰，看看都需要些什么。一盘又一盘的姜饼从烤箱中不停地被端了出来。

"我们会把圣诞老人搞糊涂的。（挪威人过圣诞节时会吃姜饼）他会不会闻到姜饼味儿跑过来呢？"爱尔姑妈闻着满屋的姜饼味儿说道。

整间厨房里放满了姜饼。她们现在可以用糖浆把它们粘在一起了。

"往后退两步，谢谢！"爱尔姑妈命令道。

童妮娅从来没有做过这么大的一个姜饼屋。当她们把最后一块姜饼摆上去的时候，这座有四个阁楼，两个塔楼，一个摇摇晃晃的阳台的三层城堡，已经有将近1.5米那么高了。她们最后还在旁边立了一个旗杆。童妮娅觉得，可能还没有人见到这座姜饼城堡它就会自己倒了。而爱尔姑妈觉得她做出的糖浆是世界上最好的黏合剂，比什么"超级胶水"都要厉害。

这时，童妮娅看了一眼墙上的钟表，现在是三点半。嗯，会有什么事儿呢？

"古恩瓦尔德！"她大叫了起来。

她怎么能把这件事给忘了呢？还有海蒂，海蒂怎么样了？童妮娅急得不知道该从哪里做起。她立刻冲出了房门，和正要进门的彼得撞上了。

爸爸已经发动了汽车，他要去接古恩瓦尔德回来，还想着童妮娅要不要一起去呢。童妮娅摇了摇头，她要去找海蒂！她的脑子现在有点乱。古恩瓦尔德和海蒂，父亲和女儿。他们已经有三十年没见过面了。童妮娅以最快的速度冲下了小山坡。

但是，当她跑到古恩瓦尔德家门口时，她突然觉得有些不对劲儿。是因为屋子里一片漆黑吗？还是因为屋子里一点儿声音都没有？童妮娅冲上台阶，使劲地敲门。

"海蒂？"

没有人应门。

她冲进了屋子里。她在整幢房子里不停地寻找着。她找遍了古恩瓦尔德家的每一间屋子，卧室，工作间，车库，牲畜棚。她一直高声呼唤着，但是没有人回应她。那只小狗和海蒂都不在这里了。

她突然在厨房的餐桌上面看到了一张纸，上面写着"谢谢"。

童妮娅沉默了。她一遍一遍地读着那张纸上面的字。

海蒂走了。

当爸爸和古恩瓦尔德回来的时候，童妮娅正坐在台阶上。爸爸把古恩瓦尔德扶下了车。古恩瓦尔德看着这幢他思念已久的房子，看着童妮娅。

他还有些步履蹒跚。童妮娅的心里很难受，她跳起来，飞奔过去，用力地抱住她这位巨大的好朋友。她的拥抱让他明白她有多么地爱他。

他们就那样一直站着。在这个云母谷的春天里，四周飘荡着一段悲伤的旋律。

第28章

爱尔姑妈翻了一个筋斗

"我们冲上去！"乌拉手里拿着滑雪杖，兴奋地望着瓦德峰。

童妮娅摇了摇头。"你是不是疯了？你必须先学会滑雪才行。而且你必须在低的地方滑，听到了没有？"

"我会滑雪！"乌拉生气地大喊。

"你还没有完全掌握。"童妮娅认真地说道。

"我知道！"

哥哥在他们身后无声地笑了。

乌拉、哥哥、伊特，还有他们的妈妈回到云母谷了。春天的到来让这些孩子能够去云母谷的山上更高一些的地方玩了。但是，克劳斯·哈根还是能听见他们的声音，特别是当乌拉进行他人生中第四

254

次滑雪的时候，那个动静可绝对小不了。

童妮娅在前面滑着，她能依稀看见雪地上的一些雪橇的痕迹。她抬起头，想看看这是谁留下的。

"让你看看谁是滑雪高手。"她对乌拉说，然后抬头望向瓦德峰上面的两个小黑点。

"那是谁？"乌拉问。

"我的姑妈们。"童妮娅骄傲地说。

瓦德峰是爱尔姑妈和伊顿姑妈最喜欢的山坡。

"真是着魔了，"祖父经常对她们这么说，"你们就不能像个正常人那样在平地上走路吗？"

但是，如果她们像正常人那样在平地上走路的话，那么"云母谷的小雷神"就不能站在那里看着她们像现在这样在雪地上面"舞蹈"了。复活节快结束的时候祖父才会回家。伊顿姑妈滑得最好看，她的身后留下了一条长长的轨迹，就像是有人用手在雪地上画出来的那样。爱尔姑妈滑得有些不稳，但是她最擅长的是跳雪。现在，她已经快要滑到小

锤崖那里了。

童妮娅大张着嘴，看见爱尔姑妈蜷起身体，从小锤崖的边缘优雅地飞出，在空中翻了一个筋斗，然后稳稳地落在了小锤崖下面的雪地上。伊顿姑妈在她后面接着滑了起来，但是她没有翻筋斗。她只是伸直了身体，夹紧双腿，就像一只高速运转的球那样冲了下来。

"哇！"乌拉叫了出来。

"哈哈。"童妮娅很得意。

然后，她高唱着《小提琴手佩尔之歌》跟了上去。

这次她没有成功。童妮娅还是脑袋先着了地，把雪橇板都给甩了出去，落在了小锤崖的下面。但是她没有摔死，她永远都不会被摔死的！

"童妮娅，做得很好！"伊顿姑妈微笑着说，好让她能够静静地恢复过来。

童妮娅正想说些什么，但是，她的思路被一个可怕的景象给打断了。是乌拉。他像是胡乱扑腾着

的乌鸦从小锤崖上面飞了下来。

"看来他是想学你。"爱尔姑妈一边看着这位复活节的小客人从空中飞下来，一边嘟囔着。

这时，哥哥正从后面赶上来，正好看到了他弟弟从空中落下，摔在了雪地上。

"啊啊啊啊"之后，童妮娅站在门口看着古恩瓦尔德给乌拉刮伤的脸上涂药。伊特和古恩达在厨房的地板上玩耍。乌拉的妈妈在厨房里做饭。现在快到复活节了，人们都在高兴地聊着天。但是，在这片欢乐的气氛里却有一件不那么愉快的事情。不知道海蒂怎么样了？童妮娅看着古恩瓦尔德的眼睛，她知道，他在想这件事。她自己也一直想着这件事。海蒂，海蒂，海蒂。

他们去找过她，但是，他们最后唯一能知道的事情就是她坐船走了，然后要去搭一架飞机。船员勇是这么告诉他们的。飞机，这个世界上可以飞到任何一个地方的东西。他们还打了一个电话，也没能找到海蒂。他们打到了法兰克福，但是没有人接。他们还拨了一个手机号，却得知那个手机号已经没有人用了。妈妈想办法和海蒂的经纪人取得了联系，他负责安排海蒂的一切演出事务。但是，他却说海蒂现在正在休假，不知道什么时候才会回来，他很久都没有和她联系了。海蒂就像是从这个世界上消失了一样。

"她不想被别人找到。"爸爸让他们不要再找下去了。

但是他们怎么能停止寻找海蒂呢？童妮娅知道，她现在根本不敢见到古恩瓦尔德，而且，最让童妮娅担心的是，古恩瓦尔德再也不拉小提琴了。从他回家到现在，他都没有碰过小提琴一下，小提琴被静静地挂在墙上。以前，不管发生什么不好的事情，古恩瓦尔德都会拉小提琴，因为这是一种让他得到安慰的方式。

童妮娅不知道，如果这一家人没有来这里过

复活节的话，接下来会发生什么事情。幸亏他们来了，这才让日子能够正常地继续下去。

她一定要高兴起来。还有两天她就要过生日了。周六那天是她真正的生日，周日的时候他们要举办一个大型的"复活节生日"聚会。

周五的晚上是一个漫长的夜晚，这是她作为一个九岁的小孩的最后一夜了。童妮娅躺在床上，觉得脸颊上有些热辣辣的，她有点晒伤了，但是，并不是这件事让她睡不着觉。她明天就十岁了。她会收到许多礼物，还有蛋糕。她兴奋得睡不着觉，在床上翻来覆去的。最后，她起床了，看着窗外。

她看见瞭望台里亮着光。

古恩瓦尔德猫着腰坐在那里，那里对他来说还是有点窄。

"我的天哪，童妮娅，你怎么大半夜的还跑出来了？"童妮娅紧紧地坐在他的身旁。

"嗯。"

他们沉默了很久。

"你明天就要过生日了。"古恩瓦尔德又说道。

"是的。你知道我想要什么生日礼物吗？"

"你觉得到这里来就能得到你想要的东西吗？"古恩瓦尔德生气地说，"你现在放过我吧，我已经给你买好了。"

"我知道，但是，你知道我真正想要什么吗？"童妮娅继续问。

"你听好了，我不想知道，反正我已经买好了。"

"嗯。但是，你真的不想知道我最想要什么吗？"童妮娅固执地继续问。

"不想。"

"那我也要说。"

古恩瓦尔德一点都不怀疑这一点。童妮娅停了一会儿，然后说："我想听你拉小提琴。"

牲畜棚里面的一头羊叫了一声，云母谷的小河哗哗地流着。

"唉，都想让我拉小提琴，"古恩瓦尔德说，"牧师利夫白天也打来了电话，让我复活节的第一天去教堂演奏。他想得美！"

"是吗？"童妮娅坐起身来。

"我腿摔断了，"古恩瓦尔德接着说，"又不是只有我一个人能演奏。"

"你必须去！"童妮娅激动地说，"巴尔克维卡的合唱队需要你！"

"我才不管什么合唱队呢！"

"你不是这样的人。"

童妮娅认真地看着古恩瓦尔德。上个圣诞节的时候，她和古恩瓦尔德在教堂里，她听着古恩瓦尔德演奏合唱队的歌曲《美丽的世界》，那悠扬的小提琴声是那么打动人心，在教堂里飘荡着，久久不消失。

"古恩瓦尔德，你是我的教父，你必须经常带我去教堂才行，"童妮娅严肃地说道，"你也必须拉小提琴，"她又补充道，"不拉小提琴是错误的。"

但是古恩瓦尔德转过身来，面带悲伤地看着她。

"童妮娅，我已经不能再拉小提琴了，音乐已经离我而去了。"

之后，古恩瓦尔德把心里的话一股脑地讲了出来。他觉得他是这个世界上最坏的人，他把脑袋埋在自己的双手间。他就像是个山妖似的伤害了海蒂，而他是海蒂的爸爸啊。现在，一切都太晚了，挽回不了了，她永远地离开了。

"童妮娅，你知道吗？我真的非常想和她说一句对不起，告诉她我是一个大笨蛋。我要向她道歉，为我带给她的伤害，还有一切向她致歉。你明白吗？"

古恩瓦尔德的声音听起来悲伤极了，童妮娅觉得心里非常沉重。她转过身去，看了一会儿暗处，然后又转过身对着古恩瓦尔德。

"古恩瓦尔德，你不是这个世界上最坏的人，

我觉得你是这个世界上最好的人，"她真诚地说
着，"你是我最好的朋友。"

古恩瓦尔德哽咽了。

"你是我的教父，"她接着说，"所以你必须
经常带我去教堂。"

"你这个小坏蛋。"古恩瓦尔德嘟囔着。

然后他站了起来，消失在了夜幕中。过了一会
儿，他回来了，手上拿着小提琴。

"现在已经过了十二点了，"他轻声说，"生
日快乐，童妮娅·格里姆达尔。"

他停了一会儿，然后把手放在了琴弦上，开始
弹奏。于是，在古恩瓦尔德回到家后，云母谷里第
一次响起了他的音乐。

第 29 章

童妮娅十岁了，
她得到了一个大箱子

童妮娅觉得，世界上所有的人都能过生日，真的是太棒了。现在，她躺在床上，笑得合不拢嘴。被子上面放着一个盘子，盘子里是蛋糕，而她的周围，则放满了家人们送给她的礼物。

"我是这个世界上最幸福的人！"她开心地说。

吃完早饭后，童妮娅出门了，她要去邀请乌拉和哥哥到她家玩一整天。但是当她走下小山坡后，看见的不是一对兄弟，而是一辆很大的车，缓缓地穿过"神话森林"，经过萨丽家，停在了童妮娅家农场的门口。是爸爸订了什么东西吗？

"是不是童妮娅·格里姆达尔？"一个男人从车里走下来，高声喊道。

她点点头。

"你可以在这里签一下字吗？"

他递给她一张纸。童妮娅不知道签字是什么意思，这个男人告诉她就是在这张纸上面写下她的名字。她签完字后，这个男人就能把车里面的一个箱子交给她了。

"可是我什么都没有订啊。"童妮娅说。

"是的，我知道。但是我的任务是把这个箱子交给你。"这个男人不耐烦地说着，然后把笔递给她。

童妮娅接过笔，在纸上面写下"童妮娅·格里姆达尔"之后，这个人把车后面的门打开了。车后面放着一个巨大的箱子。

之后，乌拉和哥哥来了。

"你得到了什么东西啊？"乌拉问。

童妮娅摇了摇头。她也不知道，但是她很确定一件事：她还从来没有得到过一件这么巨大的礼物。这三个小孩子好奇地聚在这个大箱子周围，兴奋地看着它。突然，箱子里面的什么东西在动！那是什么？

"快点打开吧！"

乌拉激动地大叫着，然后他们一起打开了箱子。

"是动物！"乌拉喊着。

箱子里面有一头山羊，还有两只小羊。

"天啊，"童妮娅吃了一惊，"是谁……"

她转过身，这时家里的人都走了出来，看看外面发生了什么。每个人都很吃惊，这件礼物不是他们中的任何一个人送的。

爸爸和妈妈小心地把小羊从箱子里面抱了出来。

"两只小羊。"爸爸一边说着一边抚摸着小羊的毛。

他们把小羊小心翼翼地放在了山坡上。箱子里的山羊怀疑地看着周围的一张张面孔。

"这里有张纸。"哥哥说着，把它递给了童妮娅。

亲爱的童妮娅：

　　我把"蓝人""最可怜的山羊"，还有它们的妈妈"好运"送给你，我知道它们会在云母谷好好地生活的。祝你十周岁生日快乐。

海蒂

　　童妮娅读了一遍又一遍。海蒂，她竟然还记得童妮娅的生日，而且还送给了她两只小羊和一头山羊。还有，她记得给它们取名为"蓝人""最可怜的山羊"，还有"好运"。这些都是童妮娅给她唱过的歌，讲过的故事中出现过的名字。童妮娅幸福得说不出话来了，她不知道该怎么承受这么贵重的一份礼物。她小心地把那张纸叠好，放进口袋里。

　　"来这里。"她轻轻地呼唤着。

　　小羊看上去有些害怕，但是"蓝人"先向她走了过来，"最可怜的山羊"也慢慢地跟了过来。它们围在童妮娅的身边，童妮娅轻轻地抚摩着它们。

"海蒂。"童妮娅轻声念道。

童妮娅要亲自把这件事告诉古恩瓦尔德。

当她去坡上散步的时候，"蓝人"和"最可怜的山羊"已经知道它们的主人是谁了，都跟在她的身后。但是"好运"还不是很情愿承认这件事，它远远地跟在后面。

"我们要去古恩瓦尔德家，他是送给我这份大礼的人的爸爸！"童妮娅对它们说。

在河边的时候，她不得不停下来，思考着怎么把这几只羊带过去。她反反复复地过了好几次河，把它们一只只地领过去。童妮娅的心里从来没有这么感谢过一个人，她现在终于明白古恩瓦尔德是有多么想要和海蒂说话了，可他连给她打个电话都不行！

童妮娅的脑子里突然闪过一道闪电：克劳斯·哈根！

对，克劳斯·哈根那里一定有海蒂的电话号

码。童妮娅听到过他给海蒂打电话。

"快跟上！"她冲她的小羊们喊。

克劳斯·哈根前台的屋外整齐地摆放着一排蓝橘相间的报春花，童妮娅停下脚步好好地欣赏了一番。萨丽真应该来这里看看，克劳斯·哈根真的是很擅长照料花。

虽然他坐在前台的桌子后面，童妮娅还是不敢把这几只羊带进去。但是童妮娅还没有来得及把门给关上，"蓝人"就一下子钻了进来。

"你得出去。"童妮娅对它说。

童妮娅费了好大的劲儿才把它给弄出去。

"什么事儿？"克劳斯·哈根问道。

她走过来，坐在椅子上。

"今天是我的生日。"

克劳斯·哈根听到后，没有任何反应。

"我马上就能长得更高了，你不觉得这很棒吗？"童妮娅真诚地问道。

270

"你想要什么？"

今天确实不是一个适合谈话的好日子。

"我想知道，你是不是有海蒂的电话号码？"

"你想要那个？"克劳斯·哈根轻蔑地说道，"是的，你是该给她打个电话，感谢她把我的计划给毁了！"

"不是的，我是因为别的事而想要感谢她。"童妮娅解释道。

但是克劳斯·哈根不愿意听。

"童鲁特，你现在可高兴了吧，我没有买成那个农场，你很高兴吧？"

童妮娅把下巴从前台的桌子上放下来，冲他点了点头。她不想骗他。

"你知不知道我现在有多么讨厌你的这个云母谷？"克劳斯·哈根问道。

童妮娅摇摇头。

"我唾弃这里，"他大喊起来，"云母谷里住

着的都是没有脑子的蠢货！你们什么都得不到！"

　　童妮娅站在那里，想要明白克劳斯·哈根的意思。蠢货？他指的是她、古恩瓦尔德、爸爸、萨丽、尼尔斯，还有其他人吗？

　　"克劳斯，"童妮娅平静地说，"如果你能把海蒂的电话号码给我的话，我会非常高兴的。"

　　克劳斯·哈根从手机里找出她的号码，写在了一张纸上，递给了童妮娅。

　　她终于得到了海蒂的电话号码。

第 30 章

古恩瓦尔德打了人生中 最重要的一通电话

"你能帮我照看一下这几只羊吗？"童妮娅对伊特和妈妈说道，因为她要去古恩瓦尔德那里一趟。

她走进他家的厨房。

"古恩瓦尔德。"她把那张纸递了过去。

"过来，我有东西给你。"古恩瓦尔德说。

但是童妮娅不关心这个。她把那张纸放在古恩瓦尔德面前。

"古恩瓦尔德，我——"

古恩瓦尔德没有看那张纸。

"快看看这个。"他一边说着一边把童妮娅拽到了门后的一个箱子面前。

童妮娅现在的注意力都集中在那张纸上。

"古恩瓦尔德，这很重要——"

但是古恩瓦尔德发火了。

"还有什么能比这个还重要？童妮娅·格里姆达尔，快把你的生日礼物打开！"

那也是一个大箱子。虽然她已经收到了一个装着三只羊的大箱子，相比较之下，这个箱子还是显得很大。童妮娅把那张纸放进了口袋里。五分钟后，童妮娅用颤抖的双手打开了那个箱子，里面放着一件木制品。古恩瓦尔德坐在一旁的椅子上，兴奋地看着她。

当童妮娅把箱子完全打开后，她知道了那是什么，她说不出话来。

"我想要在我力所能及的范围里把最好的东西给你。"古恩瓦尔德说。

童妮娅仍然沉默着，她伸出手来轻轻地抚摩着这个光亮的绿色木制品，这是一台手风琴。古恩瓦尔德给了她一台真正的手风琴。这份礼物实在是太出乎她的意料了，她不敢开口说话，生怕一张嘴手风琴就会消失了。

"你不喜欢吗？"古恩瓦尔德问她。

"古恩瓦尔德，"童妮娅小声回答，"我爱它。"

她跑过去紧紧地抱住了古恩瓦尔德。

"现在，我也可以演奏了！古恩瓦尔德，我们可以一起演奏了！"

古恩瓦尔德看到她是那么高兴，也开心地笑了。童妮娅已经有很久没有看他笑过了，她沉浸在古恩瓦尔德的笑容里，然后赶忙把衣服兜里面的纸拿了出来。

"古恩瓦尔德，我找到了海蒂的电话号码。"她告诉古恩瓦尔德。

给一个三十年都没有说过话的人打电话不是件容易的事情。童妮娅明白。但是，即使这是件辛苦而又艰难的事情，他也必须做。

　　古恩瓦尔德在厨房里走来走去，他不停地用手挠着头，他做不到。这不可能。他说这会让他心脏病突发的。

　　"难道你要再等上三十年吗？"童妮娅严肃地说，"你必须打！"

　　但是古恩瓦尔德做不到。

　　"海蒂不想让别人找到她，你听到西古尔是怎么说的了！"他大吼起来。

　　"海蒂一生都在等待这通电话。你是她的爸爸啊！"

　　终于，他不再沉默，拿起了电话。

　　童妮娅从来都没有见到古恩瓦尔德颤抖得那么厉害。她紧紧地坐在他身边，握着他的手，看着他用那台老电话机拨出那个号码。电话拨出去了，童妮娅和古恩瓦尔德都屏住了呼吸，他们静静地等待着，然后，电话接通了。

　　"你好，我是海蒂。"

古恩瓦尔德的身体突然一僵。

"你好，哪位？"海蒂问道。

童妮娅推了推古恩瓦尔德，急切地看着他。他的嘴张开了，但是发不出声音来。

"古恩瓦尔德！"童妮娅小声地叫着，使劲地摇晃他。

他的嘴无声地一张一合，然后把电话挂断了。

童妮娅简直不敢相信自己的眼睛，她看了看电话，又看了看古恩瓦尔德。

"你疯了吧！这是海蒂啊！你怎么不说话啊？"

古恩瓦尔德把电话放下，把脸埋进了双手里。

"童妮娅，我不知道说些什么。我不知道我该怎么说，我能说些什么。"

他看起来要崩溃了。现在该怎么办呢？为什么这一切会这么困难呢？她取来小提琴，递给古恩瓦尔德。

"拉吧。"

童妮娅·格里姆达尔拿起电话，又拨了一遍那张纸上的电话号码。她听到了已经有些不耐烦的海蒂的声音，然后她冲着古恩瓦尔德点了点头。接着，她把电话听筒举起，让这个云母谷的"山妖"拉起小提琴，他的琴声传进了听筒里。

童妮娅听过许多次古恩瓦尔德的琴声，她的童年生活大部分时间都是在他的琴声中度过的，但是，她从没有听过古恩瓦尔德现在拉出的琴声。他还站在他平时常待的厨房里，他的头发还是像平时那样乱糟糟的，他的眼睛也还是有些微微低垂着，但是，他手中的小提琴响起的旋律却不是平时的那种。古恩瓦尔德在用心演奏着，他在为海蒂演奏。他拉了很久，他把他想说的一切都融入了音乐里。

当他停下来后，童妮娅觉得世界从来都没有这么安静过。她用颤抖的手举起了听筒，放在耳边。

"咔嗒。"电话里传出了一声。

海蒂把电话挂断了。

第 31 章

除了乌拉，所有人都去了教堂

"不，我不去！"

乌拉站在厨房的一个角落里，他已经穿上了衬衫，正在打领带，但是突然停下了。他不想去做礼拜，一点儿都不想。

"合唱队会唱歌的，古恩瓦尔德还会表演的，可有意思了！"童妮娅劝他。

"我去过教堂！"乌拉说，"那里一点儿意思都没有，非常无聊。"

童妮娅叹了一口气，乌拉抓起了餐桌上的一把餐刀，举到空中。

"我会保护这个家的。"

"是的，你会的。"童妮娅说。

能到巴尔克维卡去转转真是件高兴的事情。

外面阳光明媚。童妮娅看得出，人们都为看见古恩瓦尔德拿着他的小提琴箱来到了这里而感到高兴。但是古恩瓦尔德脸上没有笑容，他手中提着小提琴箱，站在阳光下，一言不发。自从昨天的电话被挂断后一直到现在，他都没有说过什么。

等所有人都进去了之后，童妮娅拉起古恩瓦尔德的手。

"古恩瓦尔德？"

"嗯？"

"无论如何，你已经先给她打了电话。"

他们停下了脚步。古恩瓦尔德蹲了下来，他的大腿和关节都在咔咔作响，他的大手放在了童妮娅的肩膀上。

"童妮娅·格里姆达尔，没有了你，我该怎么办呢？"

童妮娅想要动一动肩膀，但是她动不了，因为有一双巨大的手放在她的肩上。

"那样你就会死掉的。"她说。

古恩瓦尔德笑了。

"很有可能，"他大笑起来，"很有可能。"

之后，童妮娅和古恩瓦尔德走进了教堂。

童妮娅喜欢去教堂。当一个人自在地坐在教堂的走廊里时，就像她现在这样，可以看到许多有趣的事情。她看见了哥哥，还有他的妈妈。她还看见了自己的爸爸、妈妈，还有姑妈们。祖父、祖母今天也会回来的。今夜将会有一个盛大的聚会。童妮娅觉得非常高兴。古恩瓦尔德已经在这里演奏过许多次了，今天他的西服裤看起来比平时还要短了一些，还有，他的头发剪短了许多。

当人们开始唱最后一首圣歌《复活节之晨驱走悲伤》的时候，她突然感到有人站在她的身后。她觉得那是一个她认识的人。

当她吃惊地转过身的时候，她看到楼梯边站着一个高大的人。

"海蒂！"她失声叫了出来。

海蒂走过来，坐在童妮娅身边，然后静静地看着教堂里面。她看着古恩瓦尔德演奏《复活节之晨驱走悲伤》。她看着古恩瓦尔德拉完最后一个音符。她看着牧师利夫感谢大家的到来，然后开始念颂词。但是当牧师利夫让大家坐下，然后示意古恩瓦尔德开始演奏最后一段音乐的时候，她没有再看古恩瓦尔德了。她起身走了。

童妮娅不知道海蒂要去哪里，但是她知道不能让海蒂离开！她刚想大叫让海蒂不要走的时候，她看见海蒂停下了。海蒂弯下腰，拿出了什么东西。

就在巴尔克维卡的合唱团和古恩瓦尔德的音乐进行到一半的时候，发生了一件事。一开始，没有人注意到，连古恩瓦尔德都没有注意到。但是，没过多久，人们便开始四处张望，不知什么地方响起了另外一个小提琴的声音，伴着古恩瓦尔德的小提琴声，让这里的音乐声变得更大了。

　　童妮娅看到古恩瓦尔德没有停下来，而是惊讶地睁开了双眼，探出头往外看。然后，他停止了演奏。有那么一瞬间，童妮娅真的担心古恩瓦尔德的心脏会停止跳动。他就像是一块大石头似的僵在了那里，但是，他立刻就紧紧地闭上了眼睛，接着拉起了小提琴。这两件乐器演奏出的旋律交相辉映，环绕在整座教堂里，然后穿透了教堂的屋顶，飞进了外面的春天里。

　　当音乐最终停下的时候，童妮娅紧张得不敢呼吸。没有人听到过这样的旋律。所有的人都注视着站在走廊里的那个高大的女人，但是，她只是看着古恩瓦尔德。

　　紧接着，就像是天空中的乌云散开了那样，海蒂的脸上浮现出了一个浅浅的微笑。而古恩瓦尔德，这个小气鬼，这个大笨蛋，他只是愣愣地站在那里，傻傻地看着那张笑脸。

　　童妮娅·格里姆达尔鼓起掌来，她像一个疯子

似的不停地鼓着掌，她从来没有这么高兴过！

　　人们都到教堂的后面去了，把这里留给了海蒂、童妮娅和古恩瓦尔德。古恩瓦尔德是绝对不敢走出教堂的，他面无表情地站在门口。

　　"她来了。"童妮娅说。

　　海蒂很快地笑了笑，她和古恩瓦尔德都不知道说些什么。但是，没容他们思考多久，外面的一阵骚乱声就把他们的思路给打断了。停车场那里，一个人使劲地关上了车门，然后高喊着"感谢上帝！"向教堂冲了过来。

　　那是乌拉。他拨开人群冲了进来。

　　"童妮娅！"

　　他的衬衫没有塞进裤子里，领带像一条尾巴似的挂在身后。

　　"她回来了！那个女魔头回来了！"

　　乌拉紧紧地握住童妮娅的胳膊。

　　"那个有一条大狗的女魔头……"

乌拉突然停了下来，因为他看到那个女魔头现在就站在他们旁边。他立刻镇静了一下，然后对着海蒂大喊道：

"你把农场给卖了！我看见了！"

教堂外的人们都安静地站着，所有人的目光都集中在了海蒂身上。

乌拉的胸膛一起一伏地喘着气。

"她今天到农场去找古恩瓦尔德了。我告诉她你们在教堂，我在看家。然后我就跟上了她。"

乌拉说他跟踪了海蒂，发现她去了露营地，看见她把车停在了那里。

"我躲在花丛里，听到了他们的对话。窗子没有关上。她把农场给卖了！我本想阻止的，但是——"

乌拉气得哭了出来，他呜咽地说他已经尽力了。

"但是我没有做到。那个露营地的男人说合作愉快，她说希望他能够满意。"

然后乌拉就说不下去了，他愤怒地冲向了那个

女魔头。

　　海蒂很轻松地就一把捉住了他，就像上次她捉住童妮娅那样。

　　"你敢否认吗？"乌拉愤怒地大喊着，"你在

那张纸上签了名字，还说希望他能够满意！你不承认吗？"

海蒂把他放了下来。

"我不否认，我——"

古恩瓦尔德的脸一下子变得刷白，童妮娅用尽全身的力气向她喊道：

"海蒂，克劳斯·哈根会把那里毁掉的！你不能那么做。"

童妮娅说不下去了。海蒂慢慢地说：

"克劳斯·哈根不会毁了那里的……"

"会的，他会的！你是知道的！"童妮娅喊着，泪水夺眶而出。

"别哭了，不会发生那样的事情的。"海蒂说，同时看了看他们周围聚拢过来的人群。

她用力擦干了童妮娅的泪水。

"我说你别哭了，童妮娅。我把露营地买下来了。"

第 32 章

两把小提琴的合奏

　　"让我们高兴起来吧！"爱尔姑妈坐在第一辆开回家的车里兴奋地大喊着。

　　很快，整间屋子里就装满了人。乌拉和哥哥见到了童妮娅班上的安德莉亚和其他同学，他们是从巴尔克维卡来到这里的。彼得带来了老尼尔斯和安娜。妈妈和爸爸请来了他们自己的朋友。萨丽穿着她最漂亮的衣服来了，她送给童妮娅一个新做好的玻璃天使。人们已经很久都没有这么聚在一起了。

　　而最棒的是什么呢？海蒂也在这里。童妮娅每次看到她都会特别高兴。海蒂的话不多，古恩瓦尔德的话也不多。晚上，爸爸把屋子里的家具搬到一边，腾出地方来，让海蒂和古恩瓦尔德能够演奏小提琴。童妮娅也拉起了她的手风琴。

　　"你拉得就像是一头得了哮喘的大象发出的声音！"爱尔姑妈捂住自己的耳朵大喊道。

　　"但是这个场面看上去真的是太棒了，不是吗？"伊顿姑妈在一旁安慰道。

等最后一个客人离开的时候，已经快凌晨一点了。童妮娅、哥哥，还有乌拉和海蒂一起坐在沙发上。

"你真的买下了露营地吗？"

海蒂点点头。她告诉他们，克劳斯·哈根是真的厌烦云母谷了。不过，乌拉闹了个大乌龙。

"怎么了？"乌拉不高兴地喊着，因为他看见所有人都在哈哈大笑。

"我怎么会知道这件事？谁会突然去买下一个露营地啊？你会吗？"他烦躁地问道。

"我现在打算经营那里一段时间，大概几年吧，"海蒂说，"而且我知道，我不在的时候有人帮我照看那里。"

"那里可以让孩子们来吗？"哥哥问道。

"当然可以。"海蒂说。

"很吵的小孩也行吗？"乌拉问道。

"尤其欢迎很吵的小孩。"海蒂保证道。

然后乌拉就笑着从沙发上跳了起来。

"我们晚上要在外面睡，是不是，童妮娅？"

是的，他们要到外面去！

这次聚会结束后，乌拉和哥哥去古恩瓦尔德和海蒂的农场那里拿衣服去了。童妮娅和海蒂能够有时间单独待一会儿。

"留在云母谷的这些日子里，你是不是会一直和古恩瓦尔德待在一起？"她问道。

海蒂看着不远处和童妮娅的爸爸妈妈聊着天的古恩瓦尔德。

"是的，我会的，"她说，"但是我也会去做我想做的事情的。"

童妮娅点了点头。

"你知道，我生古恩瓦尔德的气生了三十年，"海蒂说，"而这种心情不是那么容易就能平复的。"

童妮娅看着古恩瓦尔德，她知道海蒂非常爱他。

突然，他转过头看着坐在沙发上的她们，笑了笑。

"古恩瓦尔德现在很高兴。"童妮娅告诉海蒂。

"我能看得出。"海蒂说。

童妮娅拿着她的睡袋走出了家门。乌拉和哥哥向姑妈们借了睡袋。他们高兴而疲惫地走到了森林边。现在已经很晚了，快到三点了。

"我一晚上都不睡！"乌拉说。

但是，还没等他把睡袋的拉链全部拉好，他们就听见了他的鼾声。

"这个家伙。"哥哥一边说着一边帮他把睡袋整理好。

童妮娅看到他的脸上出现了一个天使般的笑容。

童妮娅十岁生日的这一天，她是醒着度过的。她听到了云母谷里面的风声、水声，还有树木晃动的声音。她还听到了另外一种声音，那个声音是从山谷的另一边传来的。

瞭望台的灯亮着，里面有两个身影在晃动着。

童妮娅看了看，然后心满意足地转过了身。

"要是没有我的话，他们可怎么办啊？"她一边轻声嘟囔着，一边闭上了眼睛。

在这个迷人的春夜里，山谷间潺潺的流水声与两把小提琴里流淌出来的音符，混合出了一段美妙绝伦的旋律，伴着这种神奇的音乐，"云母谷的小雷神"睡着了。

架起儿童与成人的心灵之桥

王　欢

　　儿童与成人之间，仿佛隔着一道天然的屏障，儿童不明白成人的所思所想，成人也难理解儿童的所作所为。究其缘由，大人们早已忘却了自己也曾经是孩子的事实，像"毛毛虫的变了蝴蝶，前后完全是两种情状"（周作人语）。挪威作家玛丽娅·帕尔的儿童小说《云母谷的童妮娅》试图打破这种"代沟"，重新建立儿童与成人之间沟通与信任的可能。

小说向我们展示了一段跨越年龄的友情。9岁的童妮娅是云母谷中唯一的孩子，她最好的朋友是她74岁的教父古恩瓦尔德。童妮娅几乎每天都要去古恩瓦尔德家，那里有她专用的椅子、杯子，古恩瓦尔德会为她烹制美味，煮热可可取暖，拉小提琴解闷，并为她制作了三架最新的雪橇。在小说的前半段，古恩瓦尔德给予童妮娅无限的关怀与陪伴。到了小说的后半段，故事急转直下，一向强健的老人摔断了腿，害怕手术的他像孩子一样握紧童妮娅的手。尤其是女儿海蒂的误解与冷漠，让古恩瓦尔德一度消沉，是童妮娅想尽办法去接近海蒂、了解海蒂、用真诚感动了海蒂。童妮娅帮助古恩瓦尔德给海蒂打了第一个电话，化解了海蒂对父亲三十年来的怨气。童妮娅与古恩瓦尔德之间彼此依靠的忘年友情，比金子还要珍贵。

小说中有三个缺席的成人，造成了三段有缺口的亲子关系。首先是童妮娅的妈妈，她是一位海洋学家，常年在海上研究，很久才回一次家。第二位是乌拉兄弟的爸爸，乌拉兄弟和小妹妹同妈妈一起生活，认为爸爸不再关心他们。第三位就是古恩瓦尔德，女儿海蒂童年时跟着他生活在云母谷，12岁时被妈妈带走，古恩瓦尔德误以为女儿不再需要他，几十年来竟没有给海蒂写过一封信、打过一个电话，导致海蒂对爸爸怨恨了三十年。同样是只和父母中的一方生活，童妮娅为何没有怨恨妈妈呢？因为童妮娅的妈妈虽然身处远方，却一直主动地、热切地、频繁地表达着对女儿的爱，让女儿感到她时刻都在，"每天，童妮娅和爸爸都会收到妈妈的电子邮件，上面有她的照片和生活感受。"这就是沟通的力量，有沟通，爱才能传递。

　　小说还为我们提供了一种交流途径——音乐。文中小提琴的多次登场，不只具有抚慰心灵的作用，更象征着灵魂的深层交流。童妮娅和海蒂成为朋友后，海蒂带她去小时候的秘密基地，在山洞中倾情演奏了一首乐曲，童妮娅跟着唱和起来，这是她们心灵的共鸣。小说的结尾，古恩瓦尔德的琴声和海蒂的琴声交相辉映，代表着父女二人心灵的对话，海蒂最终原谅并接纳了父亲。

打开心扉还有一个秘诀，就是回归自然。童妮娅是真正的"自然之子"，她纯真、率性、自由、勇敢，就像她的两个姑妈一样，是被放养长大的孩子。她生活在纯净、开阔的云母谷，这里有森林、雪地、草场、河谷、码头、农庄，还有一些温暖、友善的邻居。闭上眼睛，能听到潺潺的溪流声和林间的树叶沙沙作响，能在风中闻到松树和云杉的味道。正是在这样的环境中长大的童妮娅，真实而坦诚，帮助人们打开了心结。

书中有这样一幕，可谓匠心独运：一头鬈发的童妮娅捧出自己心爱的首饰盒，里面装着她所有的零花钱，真诚地向商人哈根赔偿她打碎的窗户玻璃。这个捧出首饰盒的举动正象征着儿童主动向成人世界靠拢，渴望来自成人的理解和认同。然而哈根却将钱取出来，将首饰盒轻蔑地丢给了童妮娅，童妮娅生气极了——对孩子而言，这个特意挑选的盒子才是更为重要的，大人却不懂得它的价值。

小说的最后，讨厌孩子的哈根开始对孩子有了恻隐之心，海蒂原谅了古恩瓦尔德，乌拉兄弟对爸爸的误解也有所转变……作者通过儿童视角和儿童心理，让小读者跟着童妮娅慢慢理解和接受人生的艰难，在儿童与成人之间架起了一座沟通心灵的桥，建立了儿童与成人世界的深刻联结。

小说的语言清新自然、活泼俏皮，如"她非常喜欢古恩瓦尔德，喜欢到心里都在吱吱作响""那时还会有许多的小朋友来这里，多得就像林间的蓝莓那样数不清"……读到这些，我们已经按捺不住心中的强烈向往，想投身于那片美丽的云母谷了。

（本文作者系北京师范大学儿童文学博士，现任重庆师范大学文学院副教授、硕士生导师。）

图书在版编目（CIP）数据

云母谷的童妮娅 /（挪威）玛丽娅·帕尔著；李菁菁译 . -- 长沙：湖南少年儿童出版社, 2025. 2.
（全球儿童文学典藏书系）. -- ISBN 978-7-5562-7999-9

Ⅰ. I533.84

中国国家版本馆 CIP 数据核字第 2024UT7230 号

Title: Tonje Glimmerdal
Author: Maria Parr, Illustrator: Ashild Irgens
Copyright © Det Norske Samlaget 2009
Norwegian edition published by Det Norske Samlaget, Oslo
Simplified Chinese edition arranged through Hagen Agency, Oslo

YUNMUGU DE TONGNIYA

云母谷的童妮娅

总 策 划：胡隽宓 　　　　　责任编辑：畅　然
质量总监：阳　梅 　　　　　装帧设计：陈　筠
插图绘制：[挪] 艾希尔德·伊尔根斯

出 版 人：刘星保
出版发行：湖南少年儿童出版社
地　　址：湖南省长沙市晚报大道 89 号　　邮　　编：410016
电　　话：0731-82196320

经　　销：新华书店
常年法律顾问：湖南崇民律师事务所　柳成柱律师
印　　刷：湖南立信彩印有限公司
开　　本：880 mm × 1230 mm　1/32
印　　张：10
字　　数：150 千字 　　　　　书　　号：ISBN 978-7-5562-7999-9
版　　次：2025 年 2 月第 1 版 　　印　　次：2025 年 2 月第 1 次印刷
定　　价：35.00 元